Kurt Kies

Die Freien Geister von Bornhain

Eine utopische Humoreske

AF221230

Kurt Kies

Die Freien Geister von Bornhain

Eine utopische Humoreske

Impressum

Bibliografische Information der Deutschen Nationalbibliothek:
Die Deutsche Nationalbibliothek verzeichnet diese
Publikation in der Deutschen Nationalbibliografie; detaillierte bibliografische Daten sind im Internet über
http://dnb.dnb.de abrufbar.

© 2020 Kurt Kies

Lektorat und Korrektorat:

Jessica Gläser, Katja Klenk, Andreas Trebesius

Umschlagbild: Kurt Kies „Androidin im Anmarsch"

Herstellung und Verlag: BoD – Books on Demand, Nor-
derstedt

ISBN: 978-3-7528-9432-5

Alles, worauf Liebe wartet, ist Gelegenheit.

Miguel de Cervantes Saavedra (1547 - 1616)

Oft ist es der Kleingeist, der auf den Freigeist wirkt.

Bernd Liske (*1956), Unternehmer aus Sachsen-Anhalt

Warst du heute ein guter Roboter?

Graffito auf einer Mauer in Chemnitz

1

Nennen wir den Ort, an dem sich die Hauptfiguren unserer Erzählung – Vera Horák und Andreas Lüderitz – für ein volles turbulentes Jahr in einer Liebesbeziehung befanden, Bornhain und lassen wir diese mitteldeutsche Kleinstadt in der Gegend gelegen sein, in der die Leipziger Tieflandsbucht allmählich mit Hügeln und sanften Anstiegen in das Erzgebirgsvorland übergeht. Diese vom Tage- und Bergbau geschundene Gegend hat sich inzwischen verschönt und die ehemaligen Mondlandschaften haben sich in touristische Attraktionen und vor Grün strotzende Naherholungsgebiete verwandelt. Doch wollen wir für die Existenz des Ortes unsere Hände nicht ins noch schmauchende Braunkohlefeuer legen. Man kann ohnehin nie wahrheitsgemäß und endgültig von dem, was vergänglich und wandelbar ist, berichten. Für das Verständnis des hier Erzählten reicht es deshalb völlig aus sich vorzustellen, es könnte einmal ein solcher Ort in einer solchen oder ähnlichen Gegend existieren oder gewesen sein.

Bornhain liegt umzingelt von einer Bundesstraße und einer Autobahn. Der Großteil der knapp zwanzigtausend Einwohner, die trotz jahrelanger Abwanderung angeblich noch in der Provinzstadt leben, geht vermutlich gerade seinen alltäglichen Aufgaben nach, im Auto sitzend auf dem Weg zur Arbeit, im Seniorenstift auf das Mittagessen wartend, das Fernsehprogramm verfolgend oder auf Hollywood-Schaukeln in Schrebergärten anheimelnd die Beine schlenkernd. Aber es gibt auch eine Minderheit von Beschäftigungslosen, die sich täglich auf dem kleinen Markt, dem *Lindenplatz*, zusammenfindet, um in freier und kurzatmiger Rede oberflächliche Betrachtungen über das Leben in Bornhain anzustellen. Die Supermarktketten befinden sich am Stadtrand, doch die Stadtmitte ist vom Leerstand geprägt. In einem Haus, in dessen Schaufenster jetzt Rollatoren ausgestellt sind, befanden sich früher die Büros einer landwirtschaftlichen Produktionsgenossenschaft, deren Flächen heute einem englischen Kapitalanleger gehören. Er forcierte einen intensiven Kartoffel- und Gemüseanbau unter – Achtung, jetzt Taschentücher rausholen – vehementem Einsatz von Pestiziden. Dass sich diese mittlerweile in den Agrarprodukten aus der Region nachweisen lassen, nahm der Stadtrat lediglich unwillig zur Kenntnis. Andreas Lüderitz hatte die lebensmittelchemische Untersuchung auf eigene Kosten in Auftrag gegeben, nachdem seine Anfrage diesbezüglich vom Grünflächenamt nicht beantwortet werden konnte.

Fragen stellt Andreas gern – etwas umständlich formulierte, oppositionelle Fragen. Wie es denn sein könne, dass das Bauamt die Genehmigung für eine Müllverbrennungsanlage erteile, ohne dass darüber vorher im Stadtrat debattiert wurde – er werde dazu eine weitere detaillierte Anfrage einreichen. Warum denn die Stadt weiterhin hauptsächlich die Seniorenbetreuung fördere, wo doch vielmehr Bedarf dafür bestehe, für die Jugendlichen der Stadt Angebote zu entwickeln. Die Einseitigkeit der lokalen Kulturpolitik verschärfe sich außerdem angesichts der Kriminalisierung von Graffiti-Sprayern. Aufgrund solcher und ähnlicher Bemerkungen erhielt Andreas im Büro der Wählervereinigung, deren Vorsitzender er lange war, Besuch vom Bürgermeister. Dieser bat ihn, während der Stadtratssitzungen weniger Fragen zu stellen - sie verzögerten die Entscheidungsprozesse im Rat.

Wie war Andreas Lüderitz zu einem solch unbequemen Zeitgenossen geworden? In gewisser Weise war seine Abneigung gegen Schema F bereits von seiner hellsichtigen Mutter diagnostiziert worden. Andreas erinnerte sich, wie er wieder einmal zu spät in die Schule kam. Er hatte ein Entschuldigungsschreiben für seinen Klassenlehrer dabeigehabt, aus dem hervorging, dass seine Mutter um Verzeihung bitte, weil sich der Sohn aufgrund seiner vergessenen Schultasche verspäten würde. Ein PS-Vermerk wies darauf hin, die Verspätung hätte sich leider noch einmal vergrößert, weil er gerade zurückkäme, um noch sein Schreibzeug und seinen Taschenrechner zu holen. Außerdem bedrängte die Mutter den Lehrer in einem abschließenden PPS-Vermerk, Andreas müsse trotz seines verträumten Unernstes unbedingt das Abitur schaffen. Da er weder nennenswerte körperliche noch geistige Begabungen aufweise und überdies jeden Sinn für Eigeninitiative vermissen lasse, käme für ihn ausschließlich eine leitende Beschäftigung in der öffentlichen Verwaltung oder als Lehrer infrage.

Wenn sich der Held unserer Erzählung zu Fuß zu einer Ratssitzung in Bewegung setzt, grüßt ihn kaum einer der Bürger, für deren Wohl er sich seit Jahren als Stadtrat engagiert. Aber das scheint Andreas Lüderitz kaum zu stören, der sich bereits vor 1989 für unbefangenes Denken engagierte und dafür von den Behörden beargwöhnt wurde. Seitdem scheint ihm der Ruf eines aufsässigen Alternativlings anzuhaften und er muss sich noch heute, fast zwanzig Jahre später, fragen lassen, ob er eigentlich auch etwas anderes vermag, als immer nur dagegen zu sein.

Bornhain hegte noch nie eine Sympathie für Andersdenkende. Fast zwei Jahrzehnte bekleidete Lüderitz sein Mandat als Einmannfraktion, ohne sich Freunde zu machen. Liegt es an der Kompromisslosigkeit, mit der er seinen politischen Acker bestellt oder eher daran, dass jemand, der wirklich etwas verändern will, meist nicht lange in Bornhain bleibt? Die alten Freunde und Kumpel sind der Karriere wegen fast alle in die Großstädte oder in den Westen abgewandert – Andreas blieb. Die Sitzung, zu der er sich um kurz vor siebzehn Uhr an diesem Dienstagabend begibt – der Weg führt über den Wiesenweg hinter seinem Elternhaus und dann über die Brücke am Bach entlang – ist vielleicht seine fünfhundertste. Die alte Ledertasche, in der er seine Unterlagen mitführt, hängt an seiner Schulter herab wie ein widerwillig festgebundenes und schon zu lang geschundenes Fabeltier. Als er den Saal des Rathauses betritt, herrscht allseits herzliches Hallo. Die älteren Stadtverordneten schütteln sich die Hände, als hätten sie sich alle lange nicht gesehen, dabei begegnet man sich beinahe täglich in den Vereinen, beim Stammtisch, bei der Arbeit, beim Tratsch über den Gartenzaun. Der Fraktionsvorsitzende der Totaldemokraten ist der Neffe des Fraktionsvorsitzenden der Mitteextremisten. Die politischen Gegensätze werden familiär verschleppt.

Lüderitz wird von den bisher Erschienenen wahrgenommen, als wäre er Luft. Doch da kommen schon seine drei neuen Fraktionskollegen, die seit der letzten Kommunalwahl für die Freien Geister in den Rat gewählt wurden. Andreas ist seither etwas weniger allein. Trotzdem erscheinen er und seine politischen Mitstreiter inmitten des plaudernden Establishments so deplatziert wie Fische auf dem Trockenen. Was sind seine Fraktionskollegen für Leute? Wenn er sich diese Frage stellt, muss er gezwungenermaßen lächeln, denn er kommt zu einem wenig schmeichelhaften Eingeständnis: Es handelt sich fast durchweg um alleinstehende Männer, die aufgrund verkorkster Biografien oder wegen ihrer Berufsunfähigkeitsrente bei den meisten Wählern wenig Ansehen genießen und als Peinlichkeit gelten. Immerhin können sich Andreas und seine politischen Mitstreiter zu Gute halten, absolut keinen ideologischen Dogmen anzuhängen und auch randständige Lebensentwürfe zu akzeptieren. Die Wählervereinigung der Freien Geister rümpft nicht die Nase über Fleischesser oder Veganer, Mineralwasser- oder Alkoholtrinker, Fahrradfahrer oder Dieseltanker, Antiquitätensammler oder Privatfernsehgucker.

Doch Hand aufs Herz, die Wählergemeinschaft hat sich über die Jahre zu einem Gruppennest für komische Vögel entwickelt. Es gibt zwar keine gemeinsamen äußeren Zeichen, aber markant für die Mitglieder ist eine gewisse innere Unruhe. Peter Zwetschke zum Beispiel verkraftet es durch seine Mitgliedschaft besser, als gealterter Elektromonteur in Zeitarbeit bei Laune gehalten zu werden und seine ärztlich nicht feststellbare

Elektronenallergie zu ertragen. Marcel Görkel, ein Diplom-Fotograf und Privatästhet, der sich seit seinem Studienabschluss mit Gelegenheitsarbeiten herumschlägt, hat dank seiner Wahlkampfarbeit und Stammtischdebatten das tröstliche Erlebnis, seine von der Allgemeinheit verkannten rhetorischen und bildnerischen Gaben nützlich einzusetzen – wenn auch nicht gewinnbringend. Und Sven Krenkel wäre als prekär beschäftigter Sozialarbeiter mit sich und der Welt zufrieden, wenn er sich nicht so schrecklich einsam fühlen würde. Er hofft insgeheim, über sein politisches Engagement endlich eine Frau kennenzulernen, die sich wie er selbst eine Partnerschaft als verlässliches Hilfs- und Unterstützungsangebot vorstellen könnte - besonders nachdem Sven wegen seiner schlechten Verkleidung vom Frauengesprächskreis der Kirchgemeinde ausgeschlossen wurde.

Ende der Achtzigerjahre war Andreas mit einigen anderen jungen Leuten zum ersten Mal politisch angeeckt. Die Verbreitung einer verbotenen Flugschrift, „Fliegende Blätter" genannt, hatte er aktiv unterstützt. Er war nicht nur als Verteiler in Erscheinung getreten, sondern fand als einer der wenigen den Mut, kritische Beiträge in eigenem Namen zu veröffentlichen - wenig fundierte, aber mit umso mehr Enthusiasmus geschriebene Texte, die sich den verschwundenen Bürgerrechten im Kaderstaat widmeten, die den Kohleabbau hinterfragten, die Wasserverseuchung und Luftverschmutzung mit verschiedenen Krankenstatistiken in Verbindung brachten - zu viel unbequeme Botschaft für die damaligen Behörden. Er wurde schnell als Sicherheitsgefährder diffamiert, stand 1988 als Siebzehnjähriger kurz vor der Verhaftung. Unverhofft kam die „Wende" und die neue Freiheit wirkte auf Andreas wie eine *Ecstasypille* im *Energydrink*. Von gedämpften *Technobeats* begleitet, machte er Abitur auf einer Abendschule, die sich mit undichten Fenstern nicht weit von einer Diskothek befand.

Als Student der Sozialwissenschaften entfaltete Andreas ein überaus vielseitiges Interesse an Soziologie, Psychologie, Sprachwissenschaft, Afrikanistik, Neurologie, Wirtschaftswissenschaft, Politik und Geschichte. Leider konnte ihn auf Dauer nichts begeistern. Andreas mutmaßte damals, er sei so intensiv auf der Suche nach sich selbst, weil ihn sonst niemand vermisste. Anlässlich der anstehenden Wahlen fürs Stadtparlament kam ihm die Idee, zu kandidieren. Die „Bürgervereinigung der Freien Geister" gründete Andreas mit einigen Bekannten, mit denen er sich in der Bornhainer Kneipe *Don Promillo* gelegentlich in ausgiebige wie ausweglose Diskussionen verstrickte. Natürlich hatte dieser, schnell als weltfremd verrufene Verein, bei den Wahlen gegen die etablierten Parteien kaum eine Chance. Der Erfolg war immerhin ein Sitz im Stadtparlament, auf dem Andreas Lüderitz Platz nahm und von dem aus er regelmäßig Zwischenrufe übte und Auskünfte einforderte. Heute lächelt er versonnen, wenn er sich daran erinnert, wie ihn damals in seinem Eifer noch die Frage beschäftigte, warum es so schwer sei, die Leute von der Wahrnehmung ihrer eigenen Interessen zu überzeugen.

Bevor es in den Nullerjahren zum radikalen Stillstand kam, war Bornhain in den wilden Neunzigern ein sich rasend schnell wandelndes Universum. Während er an verschiedenen Hochschulen ein halbherzig anwesender und stets vorübergehender Gast war, mauserte sich Andreas in dieser Zeit zu einem Spitzendienstleistungsanbieter der Kommunalpolitik. Aufgrund seiner mangelhaften Studienleistungen wurde er auch bald auf dem Jobcenter ein gefragter Mann. Ohne Kapital oder Qualifikation träumte er von einer politischen Karriere, obwohl er von der Aufwandsentschädigung als Stadtrat nicht leben konnte. Ja, wenn er zum Bürgermeister gewählt worden wäre! Er hätte den Investitionsstau, die Langzeitarbeitslosigkeit, die Abwanderung der jungen Leute *definitiv* abgeschafft. Ihm mangelte es nicht an glänzenden Ideen. Es gab zahlreiche Missstände in der Kleinstadt, für deren Aufhebung er und seine Mitstreiter revolutionäre Konzepte parat hatten. Doch da in den folgenden Jahren die kreative und strebsame Jugend den Bornhainer Verhältnissen lieber entfloh, als sie zu verändern, befand sich Andreas mit seinen Veränderungsvisionen schon bald auf ziemlich verlorenem Posten.

So hockte er also jahrelang vergeblich an der Seite der U-förmigen Tischreihe im Rathaus, seine gewissenhaft vorbereiteten Konzeptpapiere vor sich ausgebreitet, der einzige Ratsherr, der kein verlässliches Einkommen aufzuweisen hatte. Er fand sich schließlich mit einem Bürgermeister konfrontiert, der einen schneidigen Verwaltungsjuristen von strategischer Zielorientierung darstellte, entscheidende zehn Jahre jünger als er, mit graublauer Krawatte und ordentlichem Kurzhaarschnitt. Andreas saß und saß und saß. Als wäre allein dieses Sitzen, seine bloße Anwesenheit im Stadtrat, die parlamentarische Fortsetzung seiner Aktion mit den

„Fliegenden Blättern" von damals. Was auf der Tagesordnung stand und worüber abgestimmt wurde, darüber hatten sich Rat und Verwaltung schon zuvor geeinigt – in den Fachausschüssen, in den Parteifraktionen und wohl auch bei den Stammtischsitzungen des Schützen-, Feuerwehr- und Kleingartenvereins. Man blieb unter sich, die einfachen Bürger hüteten sich, den langweiligen Stadtratssitzungen beizuwohnen. Im blauen Stadtwappen, das sich hinter dem Stuhl des Bürgermeisters befindet, gähnte der goldgelbe Adler, der doch eigentlich das Kaninchen der Untätigkeit ergreifen wollte. Früher hatte es Andreas noch für möglich gehalten, die anderen im Rat für konzertierte Aktionen zu begeistern. Heute weiß er um das Gewicht der sozialen Beziehungen in der Gremienarbeit. Um wirklich etwas bewegen zu können, müsste er bei den regierenden Mitteextremisten eintreten und mit viel Kompromiss und Strategie Fraktionsvorsitzender werden. Heute ist es zu spät, diesen Weg zu beschreiten. In den Augen der meisten Stadträte und Bürger ist Andreas Lüderitz ein Querulant und Rechthaber, der sich offenbar in der Rolle des Störenfrieds gefällt. Inzwischen ist er sogar weit weniger als das. Er ist ein moralischer Versager, der nicht davor zurückschreckt, sich an Spendengeldern seiner politischen Freunde zu bereichern.

„Aber, aber, nun lassen Sie mal nicht den Kopf hängen. Ich finde, wir können mit dem Ausgang zufrieden sein. Immerhin sind wir sozusagen mit einem blauen Auge davongekommen. Der Dung des Lebens bringt unsere Seelen zum Blühen", kommentierte der Anwalt zynisch und selbstgefällig den Richterspruch, der gerade im

Bornhainer Amtsgericht ergangen war, als Andreas Lüderitz nach der Urteilsverkündung auf dem Rücksitz einer schwarzen Limousine Platz gefunden hatte. Er war mit knapper Not den rasenden Reportern entflohen, die sich vorm Portal des Gerichtsgebäudes versammelt hatten. Sicher, im Nachhinein schien es schon ein wenig zu optimistisch zu erwarten, die Staatsanwaltschaft würde der Argumentation seines Verteidigers folgen, Lüderitz habe Falsches unternommen, um Gutes zu tun und verdiene aus diesem Grund den Freispruch. Zwei Jahre Freiheitsstrafe auf Bewährung lautete nun das tatsächliche Urteil und der Verurteilte schien das Glück oder Unglück, das diese Strafe für ihn bedeutete, immer noch abwägen zu wollen. Er spielte mit dem Gedanken, das Urteil anzufechten.

„Ich nehme an, Sie, als Meister der doppelten Negation, werden nicht abgeneigt sein, nicht Vieles zu unterlassen, um die Nichtigkeit meiner Schuld in keiner Weise in Frage zu stellen", stichelte er in Richtung Anwalt. „Das kommt ganz auf Sie an. Wenn Sie nicht vorhaben, keinen außergewöhnlichen Betrag dafür aufzusparen, wäre keine Berufung einzulegen für mich geradezu unausweichlich." Also nichts damit, sah Andreas ein und fühlte sich nun regelrecht niedergeschmettert. Die unheilschwangeren Szenen, die sich in den letzten Wochen um ihn abgespielt hatten, kreisten wie Geier über dem verwesenden Aas seiner Erinnerungen. In einer Endlosschleife sah er Vera vor sich, wütend auf ihn einredend. Und vor allem hallte der Schuss von einem Unbekannten nach, als er auf dem Weg in seine Wohnung gewesen war und der ihm eine Konservendose mit Tomatenmark in seinem Einkaufsbeutel durchlöchert hatte. Er war offensichtlich an einen heiklen Punkt geraten, denn Schüsse gab es in Bornhain normalerweise nicht, abgesehen von den festgelegten Zeiten in der Halle des Schützenvereins.

Die Sachlage sei nach den polizeilichen Ermittlungen geklärt, hatte der Staatsanwalt schließlich resümiert. Nach seiner Darstellung handelte es sich immerhin um den Verlust von mehr als fünftausend Euro aus der Kasse der Wählervereinigung der Freien Geister, dessen Schatzmeister Andreas seit einigen Jahren gewesen war. Die Veruntreuung des Geldes sei nicht mit dem zweifelhaften Argument zu entschuldigen, seiner ehemaligen Lebenspartnerin Vera Horák aus einer finanziellen Schieflage geholfen zu haben. Denn diese hatte ausgesagt, sie hätte nicht gewusst, woher das Geld stammte, das für die Finanzierung der gemeinsamen Wohnung und diverse Anschaffungen verwendet wurde. Zudem sei klargeworden, die Zeugin werde ohne jegliche finanziellen Zwänge ihren Beruf als Kuscheltherapeutin weiterhin ausüben. Andreas konnte nicht begreifen, wieso Vera das behauptet hatte. Der Traum vom gemeinsamen Neuanfang war der Ausgangspunkt ihrer Beziehung gewesen – jedenfalls für ihn. Damals hatte seine Freundin Andreas von anonymen Drahtziehern im Hintergrund berichtet, die sie mit vagen Andeutungen unter Druck setzten und im Gegenzug angeblich für verlässliche Ruhe im Geschäft sorgten. Vera hatte gemeint, sie würden helfen, falls irgendwelche Probleme auftauchten – zudringliche Perverslinge, unlautere Konkurrentinnen oder brutale Mafiosi aus dem Rotlichtmilieu. Als Ritter ohne Fehl und Tadel war es Andreas' erklärtes Ziel, Vera aus diesen Schwierigkeiten herauszuholen. Aber Veras Lügengeschichten vor Gericht waren ein Wunderwerk von Fantasie und Statik.

Andreas schaute deprimiert, doch mit dem ihm eigenen Lächeln über sich selbst, aus dem Fenster des Wagens, der ihn nach dem Gerichtstermin nach Hause brachte. Er hatte unnötigerweise Öl ins Feuer gegossen, indem er Vera bedrängt hatte, ihre Tätigkeit aufzugeben. Er spürte jetzt einen Anflug von Reue. Als sie bei ihm eingezogen war, hätte er sich einfach ein bisschen in ignoranter Bequemlichkeit zurücklehnen können. Stattdessen hatte er sich an einem selbstgemixten Weltverbesserungscocktail besoffen und versucht, den roten Teppich einer unbeschwerten Kleinbürgerexistenz zu entrollen. So konnte es sich ereignen, dass ihn dieser zwielichtige Typ, der nicht nur Veras Kunde sondern dummerweise auch Polizeianwärter war, angeschwärzt hatte. Er hatte die Behauptung in die Welt gesetzt, Andreas sei als Zuhälter aktiv geworden und habe fünfzig Prozent von Veras Umsätzen kassieren wollen. Das war aus der Luft gegriffen und es gab kaum Anlass, dieser Verleumdung Glauben zu schenken. Der Staatsanwalt meinte im Laufe des Prozesses jedoch, Andreas Lüderitz habe aufgrund der ihm als Politiker verweigerten Anerkennung durch Veruntreuung von Geldern eine steile Karriere im Rotlichtmilieu gesucht. Da er als Kassenwart seiner Wählervereinigung agierte, sei es ihm leichtgefallen seinen Missbrauch zu vertuschen.

Andreas spürt einen Kloß im Hals über dieses Fehlurteil, als ihm Veras herausfordernd unternehmerisches und geradezu freches Gesicht in den Sinn kommt, das sie ihm so oft gezeigt hatte.

2

Andreas war sich bei seiner Nachsichtigkeit gegenüber sich selbst bis zum Ende treu geblieben, aber alles, was er mit Vera geteilt hatte, schien nun zu verblassen und er begann nach und nach zu zweifeln, ob sie ihn wohl jemals geliebt hatte. Seit dem Prozessauftakt verweigerte Vera ihm den Kontakt. Diese Exkommunikation betraf zudem den größten Teil seiner Freunde. Sein Ansehen als Kommunalpolitiker war unrettbar verloren. Sicher, einige seiner zahlreichen Bekannten würden diese dumme Geschichte traurig finden. Aber Andreas kannte seine Mitbürger zu gut, als dass er hätte hoffen können, ihm würde sein *faux pas* im provinziellen Gedächtnis je vergeben und vergessen werden. Jeder Fehltritt wurde immer wieder gerne aufgewärmt und beschäftigte die Gemüter für Jahre, wobei die Geschichte ausgeschmückt wurde und immer gröbere Züge annahm. Was einer jedoch Gutes vollbrachte, wurde in der Regel kleingeredet oder gänzlich verschwiegen.

Er würde der ehrbefleckte Mann bleiben, dem man niemals wieder vertraute, weil er doch nun einmal diesen gravierenden Fehlgriff begangen hatte. Andreas spielte mit dem Gedanken in einer anderen Stadt, in einer anderen Gegend einen Neuanfang zu wagen. Indes waren die Wurzeln seiner wuchernden Persönlichkeit mit Anfang vierzig schon sehr tief in die Bornhainer Erde eingedrungen. In seine Heimatverbundenheit hatte sich mit den Jahren allerdings ein Quäntchen Überdruss gemischt. Das hing mit seinem Politikerdasein zusammen, indem er sich immer mehr als Verwalter des Stillstands empfand. Er hatte als Kommunalpolitiker nie danach gestrebt, stets der Meinung seiner Wähler zu sein oder den Willen des Volkes fach- und artgerecht zu vertreten, so wie es seine politischen Rivalen es praktizierten. Damit aus morgen nicht heute schon gestern wird, redeten die Freien Geister gerne Tacheles. Es schien keine verlässlichere Methode zu geben, um sich beim Wähler unbeliebt zu machen. Aber Andreas ärgerte sich nicht mehr über seine Unbeliebtheit sondern über sich selbst. Hatte er mit seinem Glauben an die Einsicht der Leute tatsächlich auf die falsche Karte gesetzt, grübelte er. Schon die Karfreitagsgeschichte schien ein Urbild des Demokratieversagens zu sein. Die Menge, befragt, ob Jesus oder Barabbas begnadigt werden soll, entscheidet sich mit traumwandlerischer Sicherheit für den Verbrecher statt für den unbequemen Philosophen. Und heute wäre es sicher auch nicht anders, meinte Andreas.

Zum Beispiel war den Leuten in Bornhain die Schwarzarbeit lieber als die Gastfreundlichkeit gegenüber den Arbeitsmigranten, der Verkehrslärm der Autos erträglicher als kollektive Personenbeförderung, die Perversionen einer zerrütteten Ehe waren leichter zu ertragen als ein ehrlicher Respekt gegenüber den Sexarbeitern, Tantra-Masseuren oder Kuscheltherapeuten. Der ehemalige Stadtrat empfand Beklemmung, wenn er sich bewusst machte, wie das Aussprechen unliebsamer Wahrheiten fast automatisch mit dem Verlust der Wählergunst einherging. Die meisten Karrieristen hatten einen Instinkt dafür und verhielten sich entsprechend diskret. Auf den Mitgliederversammlungen der Freien

Geister ging es dagegen meist hoch her und man liebte den Aktionismus. Allerdings relativierten sich die lautstark vorgetragenen, fantastischen Ideen durch Sach- oder Geldzwänge ohnehin von selbst, vollkommen egal, mit welcher Aggression im Ton man im Stadtrat seine Überzeugungen herausposaunte. Die wirtschaftliche Misere von Bornhain trieb die Leute in die Resignation und verbreitete die Erkenntnis: Das Schlimmste ist, es passiert gar nichts!

Andreas beschlich der Gedanke, Vera hätte sich, als sie sich von ihm losgesagt hatte, durchaus richtig verhalten. Sie hatte mit ihrer unternehmerischen Tätigkeit überaus ins Schwarze getroffen. Zärtliche Berührungen waren rar und in der alternden, vor Einsamkeit zitternden Gesellschaft ein überaus rentables Geschäftsmodell. Bornhain und ganz Mitteldeutschland strotzten vor virtuellen Ersatzerlebnissen, Prüderie und Pornografie. Vera und ihre Kolleginnen sorgten dagegen für ein Minimum an abenteuerlicher Sinnlichkeit, unverbindlicher Offenherzigkeit und tatsächlicher Begegnung. Andreas war klar, sich mit dieser Sicht der Dinge nicht auf populärem Terrain zu bewegen, jedoch hatte er stets eine Schwäche für unliebsame Positionen gehabt. Die Wahrheit verschlug sich meist ins Unpopuläre, vielleicht war es letztlich diese Erkenntnis, die ihn von seinem Politikerdasein entfremdet hatte. Sein Anwalt Hilmar Müller hatte es sich auf dem Ledersitz der Limousine inzwischen bequem gemacht und lehnte sich in entspannter Seelenruhe zurück. Er konnte gelassen auf alle Wechselfälle des Lebens blicken. Schlimmstenfalls würde er sich rechtzeitig in eine alarmgesicherte Villa mit beheizbarem Swimmingpool zurückziehen und als umsichtiger Vermieter sein Herz für Menschen in Wohnungsnot entdecken. Andreas würde einen solchen Rückzug für sich nie in Anspruch nehmen, selbst wenn ihm die finanziellen Mittel dazu nicht versagt wären. Seinen lächerlichen Politikertraum konnte er wohl nun getrost an den Nagel hängen. Beim Feuerwehrfest letzten Sonntag hatte er versucht, sich ein wenig unter die Leute zu mischen. Schließlich stand er mit seinem Bierglas allein am Tresen und er vernahm nicht ganz gleichgültig, wie ihn einige Leute hinter seinem Rücken bezeichneten. Er hörte Worte wie Drecksack, Pappnase, Freundchen, Nuttenpatron, Politclown, Querulant, Langfinger, Schwerenöter, Gierhals, Knalltüte und noch weitere Komplimente dieser Art, welche die Menschenkenntnis und Großherzigkeit der Bornhainer Volksseele von ihrer schönsten Seite zeigten.

Dem oberflächlichen Betrachter mag Andreas wie ein drolliger Naivling erscheinen. Jeder Kritik, jedem Vorwurf, jeder Missbilligung begegnet er meist mit versöhnlicher Heiterkeit und unverwüstlicher Herzlichkeit. Von Kindesbeinen an war er damit vertraut, aus Positionen der Unterlegenheit das Beste zu machen und Launen des Schicksals beziehungsweise einer sechs Jahre älteren Schwester nicht allzu ernst zu nehmen. Zu verzweifeln, brachte nichts. Man konnte also genauso gut lustig und optimistisch bleiben, hatte er gelernt.

Vera nahm deshalb ganz richtig an, der Richterspruch würde Andreas nicht wie Weihwasser auf der schwarzen Seele liegen. Die Erinnerung an die gemeinsame Zeit konnte aber auch sie nicht einfach abstellen wie einen zu oft gesehenen Film. Immerhin war die Beziehung mit diesem Mann für Vera etwas Neues. Nie hatte bisher ernsthaft einer für längere Zeit mit ihr zusammen leben wollen. Zur Kuscheltherapie gehörte professionelle Distanz. Die war ihr nie schwer gefallen. Auch Andreas hatte auf sie anfangs einen schäbigen und mickrigen Eindruck gemacht – fade und verknautscht, faltiges Gesicht, knittriges Hemd über billiger Viskosehose. Er hatte ein wenig schiefe Schultern und sah aus, als würde er an einem Wettbewerb für fettige Haare teilnehmen – und diesen auf jeden Fall auch gewinnen. Das einzige, was anfangs für ihn sprach, war ein seltsamer Geruch nach Sandelholz. Seinen bewundernden Blick hatte Vera registriert. An die triebhafte Schwärmerei ihrer Kunden war sie gewöhnt. Nachdem er ihr nach der ersten Behandlung weitere Avancen gemacht hatte, sagte sie sich, sehr schlimm würde es mit ihm sicherlich nicht werden. Bei einem Abendessen versetzte ihn ihr Lächeln ohne Umwege auf Wolke sieben. Vom Wunder ihrer weiblichen Erscheinung noch benebelt, bekam Andreas nicht mit, als Vera nach dem Akt unter die Dusche ging und vor seinen Augen demonstrativ in die Duschwanne pinkelte. Mit dieser goldgelben Unverfrorenheit hatte sie vorgehabt, ihn schonungslos auf den Boden der menschlichen Tatsachen zurückzubringen.

Vera Horák war der Auffassung, man sollte den zweiten Schritt ruhig einmal vor dem ersten machen. Männer und Frauen, die das zu eng sahen, kamen ohnehin nie zum ersten Schritt. Trotz aller Kompaktpuder, Augenbrauenpflegen, Lidschatten, Lippenstiftfarben und Wimperntuschen war Vera realistisch eingestellt. Es gab in nicht allzu ferner Zukunft ein Ziel, das sie anvisierte. Dann würde sie immer noch ein passables Äußeres haben und sich keine Gedanken mehr ums Finanzielle machen. Sie würde ihr Geld in solide Großstadt-Immobilien und Aktien investieren, um dann relativ inflationssicher von den laufenden Einnahmen zu leben. Sehr gut könnte diesen Plan ein Mann ergänzen, der verlässlich war und ihr die lästige Hausverwaltung abnähme. Es müsste allerdings schon ein Mann sein, der seine liebende Bewunderung ihr gegenüber der ganzen Welt zur Beachtung anempfehlen würde. Vera hatte nach ein paar Tagen mit Andreas fälschlicherweise den Eindruck gewonnen, er könnte ein solcher Mann sein. Zwar empfand sie auch bei ihm, wenn sie sich an seine Brust lehnte, als ob sie dieser Körper wie magnetisch abstieß. Aber dieses Gefühl hatte sich bisher mit jedem ihrer Männer auf genau diese Weise eingestellt. Sie hatte nicht geradezu auf jemanden gewartet, der ihr vereistes Herz in die Mikrowelle glühender Liebe schieben würde. Sie wollte Andreas damals, als sie sich kennenlernten, dennoch nicht ohne Warnung ins offene Messer einer kalten Geschäftsbeziehung rennen lassen. Aber Andreas verrannte sich mit umso größerer Entschlossenheit wie ihr schien. Diese mörderische Selbstlosigkeit war es gewesen, die an eine Stelle in ihrem Inneren gerührt hatte, die noch nicht ganz tot war.

Das Bild des Blickes, den sie ihm am Abend zuvor zugeworfen hatte, war unaufhaltsam und unauslöschlich in ihn eingedrungen. Er hatte sie erwartungsfroh zu sich nach Hause gebracht und die sexuellen Fantasien, die sich in Sekundenschnelle im ergründlichen Gewebe seines Vorstellungsapparates errichtet hatten, fand er, als sie sich auf dem Bett begegneten, nicht nur bestätigt, sondern noch übertroffen. Schon bei der ersten für ihn unvergesslichen Berührung war die Gegend um seinen *solar plexus* in ein derart euphorisiertes Dauerkribbeln geraten, dass er in Atemnot geriet. Sie umarmte ihn beruhigend wie eine verständnisvolle Mutter eins ihrer übermütigen Kinder. Andreas stieß im Brustton sexueller Verblendung hervor: „Du tust mir so gut!" War er wirklich so naiv, so blind und selbstbezogen? Ab einem gewissen Punkt der Annäherung scheinen die Dinge ganz simpel und vorhersehbar ihren Lauf zu nehmen – so als ob jemand immerzu die Taste *Replay* drücken würde.

Erst als sie das zweite oder dritte Mal zueinandergefunden hatten, hatte Andreas die fingerlange Narbe auf ihrem Bauch bemerkt. Er hatte seine Brille auf dem Nachttischschrank abgelegt, dennoch war sie ihm aufgefallen und er hatte überrascht geblinzelt. Vera hatte erwartet, er würde seine Entdeckung irgendwie kommentieren, aber offenbar verscheuchte er die Gedanken, die ihn vom erfüllten Augenblick losreißen wollten. Vera registrierte seine Schwärmerei. Aber beinahe automatisch sagte sie sich: Wenn er sie wirklich liebte, wäre er ein armer Dummkopf und wenn er ihr nur etwas vormachte, würde er eben nur ein weiterer Blödian sein, der ihr über den Weg gelaufen war.

Die Gesten sind immer das Entscheidende, denkt Vera, als sie ihren Wohnungsschlüssel zum endgültigen Abschied in den Briefkasten wirft, auf dem noch ihr Name neben dem von Andreas steht. Ein Jahr ist keine zu lange Zeit. Ein Zeitraum, der leicht vergessen werden kann, besonders, wenn die Gegenwart nicht chancenärmer als die Vergangenheit erscheint. Als sie in dem Bahnhofscafé sitzt, beobachtet sie vor dem Fenster ein Mädchen von etwa vierzehn Jahren, das dem scheidenden Freund in heller Begeisterung fliegende Kusshände nachwirft, was jener lediglich mit einem überheblichen selbstverliebten Grinsen zu würdigen weiß. Blitzschnell und dennoch in fließendem Übergang verwandeln sich die fliegenden Küsse in eine abwinkende Handbewegung, in der alle dumme Vergeblichkeit des gerade geäußerten Liebesbeweises zu liegen scheint.

Auch Andreas hatte seine gewinnenden Gesten ihr gegenüber irgendwann abgestellt. Wann war es genau? An jenem Abend, an dem sie das erste Mal mehr als genug getrunken hatte? Oder war es am Ende dieser glamourösen Geburtstagsfeier von Alina, Veras Kollegin gewesen? Man war sich schließlich nach einem wilden Tanz erschöpft in die Arme gefallen, und während man sich viel zu nah in den schweißtriefenden Armen hing, rief Andreas voll trauriger Begeisterung: „Diese wunderbare Umarmung hier mit euch ist mein intimster Moment seit Tagen!" Vor dem Fest hatte sie ihm gesagt, sie hoffe, seine gesetzte Erscheinung würde nicht die Stimmung versauen. Man sehe sofort, sie sei ein fröhlicher unterhaltsamer Stadtmensch, während er eine stinklangweilige und provinzielle Haltung an den Tag lege, was günstigstenfalls auf eine dekorative Funktion seinerseits hinauslaufe.

„Überhaupt machst du dich lächerlich, wenn du glaubst, jeder Smalltalk hätte auf politische Aufklärung abzuzielen", bemerkte Vera.

Andreas ging in seiner friedfertigen Art gar nicht darauf ein und fragte ohne jede Rebellion im Ton: „Hattest du nicht gesagt, dass du heute das Wäschebügeln übernimmst?"

Sie hatte ironisch reagiert: „Sag nicht, dass du das jetzt schon erledigt hast. Ich hatte mich so darauf gefreut!"

„So kannst du mir wenigstens wieder einen Vorwurf daraus machen", konterte Andreas und ein Wort ergab das andere.

„Wenn ich dir einen Vorwurf machen wollte, würde ich dir auch etwas vorwerfen. Zum Beispiel, dass du die Wäsche bügelst, obwohl ich dir gesagt habe, ich übernehme das."

Vera winkte ihn mit einer sanften Geste zu sich heran und gab ihm einen zurechtweisenden Kuss. Aufbrausende, unvorhersehbare Reaktionen erreichte Andreas allerdings, wenn er seine Partnerin zu ihrer Vergangenheit befragte. Er hielt ihr entgegen, er würde sich nun einmal nicht sonderlich dafür interessieren, was ihre Lieblingsfarbe sei. Vera versuchte in solchen Situationen aufmunternd abzulenken und drückte sich aphoristisch aus. Sie konnte zum Beispiel sagen: „Es gibt Männer, die älter aussehen als du, obwohl sie jünger sind als ich!" Den Junggebliebenen beeindruckte das durchaus.

Irgendwann fand Vera, Andreas habe beleidigend lang gezögert, sie seiner Mutter und seiner Schwester Jennifer vorzustellen. Er hatte das Kennenlernen immer wieder aufgeschoben, bis sich schließlich zu seinem

Geburtstag keine passende Ausrede mehr fand. Vera meinte zu sehen, wie sich Andreas innerlich nun selbst auf die Schulter klopfte, was er schließlich für Mut bewiesen hätte. Der Augenblick der heruntergeklappten Kinnläden und hochgezogenen Augenbrauen seiner nächsten Verwandten war also endlich gekommen.

„Möchten Sie noch eine Tasse Kaffee?"

„Nein, danke. Ich hab schon genug."

„Wie habt Ihr Euch kennengelernt?"

„Oh, es war bei meiner Arbeit als Kuscheltherapeutin. Andreas hatte sich nach der Behandlung noch einmal bei mir gemeldet."

„Und so habt Ihr Euch kennengelernt?"

„So haben wir uns kennengelernt."

„Aber ich kann mir vorstellen, dass sich öfters Ihre Klienten nach der Behandlung noch einmal bei Ihnen melden, oder nicht?"

„Aber nein, das kommt sehr selten vor."

„Also ich würde mich sicher auch nochmal bei Ihnen melden!"

„Würden Sie sich auch gleich in mich verlieben?"

„Wer weiß? - Ist das nicht eine große Umstellung für euch beide, zusammen zu wohnen?", fragte Jennifer an Andreas gewandt.

„Klar, aber eine schöne Umstellung!"

„Und wer zahlt die Miete?"

„Ich natürlich, ist nach wie vor meine Wohnung. Genügend Platz ist vorhanden. Ist ja 'ne Zweiraumwohnung."

„Aha!"

Während Andreas' Fehler darin bestand, seine Beziehung mit Vera als Akt der Ritterlichkeit zu überhöhen, ging Veras Irrtum dahin, ihre schmächtige Liebe als alberne Vernarrtheit zu entzaubern. Andreas fand, es sei Zeit, den geordneten Rückzug einzuleiten. Er ahnte, dass jede Frau, die er seiner nächsten Verwandtschaft vorstellte, nicht für wohl befunden würde. Dahinter schien sich irgendein unerforschtes kryptisches Verhaltensmuster zu verbergen.

3

Andreas Lüderitz macht eine merkwürdige Figur, wenn er Tag für Tag unentwegt auf den Bornhainer Straßen, Bürgersteigen, Wegen und Trampelpfaden umherstreift und dabei gelegentlich unwillkürlich seinen Zeigefinger beugt, damit er einige Dinge abklopfen kann, die ihm begegnen, so als ob er überprüfen wollte, ob dieses vertraute Ding, was ihm da wieder einmal vorkommt, tatsächlich noch den Grad der materiellen Wirklichkeit beanspruchen kann, den ihm der Augenschein nahelegt. Wenn er sich fragt, wie er diese Marotte erworben hat, muss er sich eingestehen, sich bisweilen an allen Dingen zweifelnd zu erleben – gerade am greifbaren Teil der Welt, der ständig dem allmählichen und plötzlichem Vergehen ausgesetzt ist.

Er lächelt versonnen, sich selbst seine Verstiegenheit nachsehend und ist stolz, dem zähen Kampf mit der Bornhainer Borniertheit nie entsagt zu haben. Andreas und seine politischen Freunde glauben, genau zu wissen, wieso ihre Mitbewerber bisher immer viel größeren Wahlerfolg hatten. Man vertritt die Ansicht, die Mitteextremisten seien in Mitteldeutschland deshalb so populär, weil sie eine konsequente Schwamm-drüber-Politik vertreten. Andreas diskutierte erst neulich mit Sven, der dazu meinte:

„Die Mitteextremisten sagen den Leuten einfach, sie wären o.k., so wie sie sind und niemand müsse sich ändern oder mit Vergangenheitsbewältigung oder – noch abwegiger – den Herausforderungen der Zukunft herumschlagen. Das klare Feindbild: die Totaldemokraten, die in ihrer Vermessenheit den einzelnen Bürger politisch überfordern und die Gesellschaft in eine irreale Zukunft drängen. Nie würden diese Naivlinge mit dem Hier und Jetzt zufrieden sein. Dagegen behaupten die Totaldemokraten, die Mitteextremisten seien ihrerseits blind gegenüber den aktuellen Herausforderungen, versteinert-konservativ und ohne wahren Gerechtigkeitssinn."

Das war der ideologische Grabenkampf, der nicht nur die Bürger von Bornhain sondern ganz Mitteldeutschland entweder fanatisierte oder politikverdrossen machte. Die Wählervereinigung der Freien Geister hielt sich dagegen zugute, an absolut keinen Dogmen zu Geschichte, Politik und Gesellschaft zu hängen und jedes Problem ideologiefrei und pragmatisch anzugehen. Das fanden die meisten Leute wenig glaubhaft. Andreas wusste, den Freien Geistern haftete der Ruf eines unberechenbaren Debattierclubs an, der über Diskussionen, Interviews, Eingaben und Anträge Fakten zu Tage förderte, die sich für viele Bürger als irritierend herausstellten. Zum Beispiel konnte das seniorenfreundliche Konglomerat aus Optikern, Orthopädiemechanikern, Hörgeräteakustikern, Ärzten und Supermärkten, das den kulturellen Bedürfnissen der meisten Bornhainer nun einmal entsprach, kein vernünftiger Politiker als „fragwürdige Wirtschaftsstruktur" kritisieren.

„Wir sind schon komische Käuze im Wald der politischen Monokultur", dachte Andreas und fragte sich erneut, warum sich die Freien Geister hauptsächlich zu einer Ansammlung von einsamen Männern im fortgeschrittenen Lebensalter entwickelt hatten. Die einzige Frau, die regelmäßig bei den Vereinssitzungen mitwirkte, Nicole Räuschel, Akademikerin, Anfang dreißig, verheiratet, wurde mit peinlicher Hingabe umworben. Ihre Anwesenheit war bei den Freien Geistern der Garant dafür, jede Kontroverse zivilisiert auszufechten. Andreas kam die Zerstrittenheit von Peter Zwetschke, Marcel Görkel, Sven Krenkel in den Sinn. Zwei Wochen vor seiner Verurteilung hatten sie bei der Stammtischsitzung im *Don Promillo* mit scheinbar unvereinbaren Sichtweisen auf die städtischen Probleme miteinander im Clinch gelegen.

Peter, der als verhinderter Lebemensch eine Schwäche für alles Abenteuerliche, Sinnliche oder Unterhaltende hatte, sehnte sich nach mehr Abwechslung im kulturellen Leben von Bornhain. Er saß dabei dem Irrtum auf, jeder Bürger strebe wie er selbst nach einer Vielfalt von

Erlebnisoptionen, Freizeitangeboten und Lebensgenüssen. Für die Stadtentwicklung schwebten ihm Ideen wie die Ansiedlung einer grandiosen Unterhaltungslandschaft vor, in der man gleichzeitig essen, Filme schauen, Konzerte genießen, sich einkleiden oder seiner Sehnsucht nach sonstigen Entspannungsangeboten nachgehen könnte. „Es wird höchste Zeit, dass wir auch mal an uns selber denken", schloss Peter gerne seine Ausführungen und schaute mit herausforderndem Blick zu Nicole, die mit einem mehrdeutigen Lächeln falsche Hoffnungen in ihm weckte.

Marcel, der Diplom-Fotograf, hielt dagegen wenig von Genuss- und Erlebnismaximierung. Man nahm ihn innerhalb der Wählervereinigung als Pessimisten und notorischen Nörgler wahr, obwohl er wahrscheinlich den scharfsinnigsten Denker im Verein abgab. In seinen Augen würde das ganze Land, ja selbst die Menschheit schon bald an ihrer Kurzsichtigkeit zugrunde gehen. Bei politischen Zusammenkünften jeder Art konnte man Marcel erleben, wie er auf den Moment lauerte, in dem alles gesagt zu sein schien, um endlich mit einem letzten Redebeitrag alles bisher Gehörte in den Schatten zu stellen. Dabei wurden seinerseits sämtliche multiple Problemlagen und diffizile Verhaltensmuster, die verdrängten Sachlagen, ästhetischen Defizite und ungeklärten Verhältnisse sorgfältig erörtert. Gleichgültig um welches Thema es gerade ging, Marcel Görkel referierte mit Sachkunde über die aktuellen Statistiken von WHO und OECD, Entschließungserklärungen von Bundesregierung, Landtag oder Stadtrat. Andreas erkannte, wie diese kompetente Sicht der Dinge seinen politischen Mitstreiter selbst bei den Freien Geistern ins Abseits drängte.

Ganz anders verhielt es sich mit Sven Krenkel. Als aufdringlich gut gelaunter Zeitgenosse mit eigenem Schrebergarten, kennt „Svenni" - wie er von fast jedem genannt wird - jedes Mitglied im Kleingartenverein. Wie alle Populisten hat auch Sven kein Interesse daran, textüberfressene Papiertiger durch die Instanzen zu jagen oder mit stichhaltigen Argumentationen aufzuwarten, um den parlamentarischen Diskurs zu bereichern. Sven geht die Dinge an, ohne auf eventuelle Unstimmigkeiten zu achten. Auf wen ging wohl die Initiative für das zusätzliche vegetarische Gericht auf der Speisekarte der kommunalen Kindertagesstätte zurück? Wer hatte sich für einen toleranteren Umgang mit Rauchern in den Gaststätten und Freizeiteinrichtungen von Bornhain stark gemacht? Diese und ähnliche Aktionen brachten Sven einen hohen Bekanntheitsgrad und Andreas hatte vorgeschlagen, ihn ganz oben auf die Namensliste zu setzen, mit der die Freien Geister bei der nächsten Stadtratswahl antraten. Das hatte sich als Glücksgriff herausgestellt. Man verfügte nun über drei von dreißig Sitzen im Stadtparlament. Sven erhielt zweihundert Stimmen mehr als Andreas, was niemanden überraschte.

Seitdem Andreas lediglich das Amt des Kassierers versah und sich bei den Wortmeldungen zurückhielt, tendierte er dazu, die Freien Geister immer kritischer wahrzunehmen. Er überließ weitgehend seinen politischen Mitstreitern das Wort, was dazu führte, dass man bei den Diskussionen und Debatten kein Ende mehr fand. Man ärgerte sich über bestimmte Missstände wie den Geschäftsleerstand oder die leeren Kassen der Stadt aufgrund fehlender Gewerbesteuereinnahmen. Die Diskutanten waren dabei unfähig, sich auf einen gemeinsamen Nenner zu einigen, geschweige denn konkrete Lösungsvorschläge zu formulieren. Andreas fragte sich, warum sich die Debatte jedes Mal so entwickelte, wenn er es vorzog zu schweigen. Es gab offensichtlich niemanden, der die Lücke des pragmatischen Visionärs ausfüllen konnte, die er hinterlassen hatte.

Und so meldete sich Peter Zwetschke erneut zu Wort und meinte: „Durch die Tabaksteuer werden jährlich Millionen in den Staatshaushalt gepumpt und von dem Geld können Kindergärten gebaut und Straßen saniert werden. Trotzdem werden seit einigen Jahren die Raucher mit fanatischem, beinahe schon inquisitorischem Eifer überall ausgegrenzt."

Sven pflichtete ihm bei: „Die soziale und entspannende Funktion des Rauchens wird vollkommen vergessen, weil eine Lobby aus Ärzten, Populisten und Gesundheitsextremisten nicht müde wird, die gesundheitsschädlichen Wirkungen des Rauchens in den schwärzesten Farben zu malen. Dabei kann Rauchen neben Alkoholgenuss und Essen als wichtige Kulturfertigkeit angesehen werden. Für mich und meine Generation war und ist es ein Symbol der Selbstbestimmung. So ist unsere Gartenkolonie ein regelrechtes Refugium für bestimmte Leute geworden."

Peter setzte fort: „Es wird höchste Zeit, dass wir auch mal an uns selber denken! Bei Kröners haben wir neulich nicht bloß gegrillt. Da wurde wie in alten Zeiten geraucht, getrunken, gesungen und gelacht und nach drei Kirsch hat die Erna mit dem Hugo auf dem Tisch getanzt, bis die Tischbeine durchgebrochen sind! Das war die tollste Party dieses Sommers..."

„Ich hatte mich schon gefragt, wer die wohl gefeiert hat", fuhr Marcel Görkel dazwischen und bemerkte: „Also lasst uns jetzt mal zum Thema zurückkommen. Das kulturelle und ökologisch nachhaltige Leben der Bornhainer – darum geht's uns doch, das war doch unser Anliegen. Da muss endlich mehr passieren, damit auch die jungen Leute sehen, wir machen uns Gedanken. Der Stadtrat hat in den letzten zehn Jahren alles immer beim Alten gelassen. Das ist erstmal eine Tatsache, die der aktuellen Entschließungserklärung des mitteldeutschen Städte- und Gemeindetages und der Präambel des Europaparlamentes zur Stadtentwicklung entgegensteht. Wir sollten das auch mal kritisch angehen, wir als Opposition. Es geht da um ein grundsätzliches finanzielles Bekenntnis zur gesunden Lebensweise..."

Sven grätschte dazwischen: „Das haben wir doch schon längst alles durchgekaut. Unser Antrag zur Neuregelung ist dazu vor zwei Jahren im Stadtrat abgelehnt worden und vor vier Jahren auch und vor sechs Jahren auch. Es bringt jedenfalls nichts, jetzt das nochmal aufzuwärmen, finde ich. Das nimmt uns niemand mehr ab. Oder Andreas? Sag doch jetzt auch mal was!"

Manchmal half nur noch Schlaf- und Nerventee! Die Abwesenheit der jungen Leute bei den Freien Geistern, die sich mit den Jahren gleichsam zu einem seniorenpolitischen Netzwerk entwickelt hatten, empfand Andreas als einen wunden Punkt. Er kratzte sich, von Svens Nachfrage unangenehm berührt, am Kinn und nach kurzer Überlegung nickte er kurz zur scheinbaren Bestätigung. Wenn er kein Zeichen des Einverständnisses gegeben hätte, wären seine politischen Freunde womöglich verärgert worden, hätten wieder moniert, er sei zu schweigsam geworden und ihm Hochmut oder Gleichgültigkeit unterstellt. Als Kommunalpolitiker war er zu einem hoffnungslosen Hoffnungsträger mutiert und die Trennung von Vera war bloß die zerbrochene Spitze seiner stumpf gewordenen Lanze Lebensmut. Lange würde er auch an diesem Abend sein Schweigen nicht mehr halten können, hinter dem er sich wie hinter eine Bastion zurückgezogen hatte. Er würde zumindest eine Platzpatrone der Zustimmung oder des Widerspruchs abfeuern müssen, damit alle glaubten, in ihm lebe noch der innovative Querulant, der inspirative Freigeist mit den unbequemen Wahrheiten, der viel einstecken, aber auch austeilen konnte. Er antwortete also seinen Kollegen besänftigend: „Stimmt! Genauso ist es."

Allerdings hatte er nur zu genau gewusst, warum er sich an diesem Abend recht kurzsilbig äußerte und wie gelähmt fühlte. Übernächsten Donnerstag würde es im Amtsgericht von Bornhain zum Gerichtsprozess kommen und er hatte diesen Schlamassel wohl oder übel auszubaden. Andreas dachte angestrengt darüber nach, wie er seine Veruntreuung der Finanzen den Freunden und Wählern gegenüber rechtfertigen könnte. Es käme auf den Ausgang des Prozesses an. Falls er tatsächlich für schuldig befunden würde, hätte er sich zu entschuldigen und müsste sich von den Freien Geistern zurückziehen. Falls es gut ausging, was er inständig hoffte, so würde er allen die Sache so erklären, wie sie tatsächlich war: Er hatte sich das Geld spontan geliehen – ohne Planung, wochenlange Vorbereitung, Antrag oder Vorwarnung –, um einer Frau, ja zugegeben seiner Freundin und Mitbewohnerin, in einer Notlage zu helfen. Ein Fehler zwar, dass er Privates mit Politischem vermengte, aber durchaus entschuldbar, wenn es der Richter ebenso verzeihlich fände. In diesem Moment stieg ihm als eine schreckliche Vision das Bild von bunten Reklame- und Wahlkampfschildern vor einer Gefängnismauer auf, hinter der sich von der Öffentlichkeit unbemerkt, unrühmliche Szenen der Resozialisierung abspielten.

In der Woche vor der Gerichtsverhandlung schob sich Andreas unruhig durch die Gassen und Straßen von Bornhain. Die Vorgärten der Reihenhäuser waren mit Rasenmäher und Heckenschere kurzgeschoren und erstreckten sich kilometerweit mit unzähligen Gartenzwergen und anderen Symbolen kleinbürgerlicher Entrückung in gesegneter Friedhofsruhe. Der Verfall von Bornhain war mit dem alltäglichen und jahrelangen Gleichmut ereignisloser Dauer fortgeschritten. Die Abwanderung der karriereorientieren, jungen Leute hatte das Stadtleben einschläfern und nahezu absterben lassen. Diesen Eindruck verstärkte die Farblosigkeit und Staubigkeit der meisten Häuserfassaden. Der Erfolg des Internets hatte nach der Jahrtausendwende in wenigen Jahren die ehemaligen Geschäfte der Kleinunternehmer und Einzelhändler bis auf wenige Ausnahmen geleert. Die schon im Ruhestand stehenden Eigentümer der Geschäftshäuser wollten lieber kein Geld für einen frischen Anstrich der Fassaden ausgeben, weil sie darauf spekulierten, andere als sie selbst könnten bald Nutznießer dieser von ihnen finanzierten Modernisierung werden. Der Putz vieler Häuser bröckelte deshalb und in den früheren Schaufenstern fanden sich bisweilen skurrile Auslagen, die ursprünglich die Zeit bis zum Einzug eines neuen Mieters überbrücken sollten, der sich jedoch nie eingefunden hatte. Man konnte vertrocknete Zimmerpflanzen neben abgelaufenen Uhren, Porzellangeschirr neben Musikinstrumenten, gefüllte Matroschkapuppen neben leeren Kanarienvogelkäfigen entdecken, wobei alles ein Überzug von dezent-grauem Feinstaub vereinte. Häufig stand man auch vor gänzlich heruntergelassenen Rollläden oder grau gewordenen Gardinen, um die Leere, Trostlosigkeit oder das vernachlässigte Durcheinander des dahinterliegenden Raumes möglichst blickdicht zu verbergen.

Jetzt war Andreas an der Stelle der *Hauptstraße* angekommen, an dem sich die ruhmreiche Ruine des ehemaligen *Kulturhauses* befand. Ein neoklassizistischer Bau, errichtet im Stalinismus der 1950er Jahre, überdimensioniert für eine Kleinstadt und doch jahrzehntelang Austragungsort groß aufgezogener, pseudosozialistischer Feste. Im Park neben der zerfallenden, vernagelten Villa hielten sich seit Jahren jene abgehängten Leute auf, die jede romantische Nische des Kapitalismus' verfehlt hatten – Sprösslinge des mitteldeutschen Prekariats. Regelmäßig beobachtete Andreas Fälle von Wildpinkelei, Marihuana- und Alkoholgenuss. Er registrierte überdies verbale Untaten, wie etwa die impertinenten Anreden „Du Wanderprediger!", „Du Knall-frosch!" oder „Du Warndreieck!". Er bemerkte, dass ge-legentlich ein Wort, das wie *Rollatorengang* klang, die Runde machte. Spätestens jetzt müsste auch dem gut-mütigsten Bürger klargeworden sein, auf welch gefähr-lichem Pflaster sich Andreas bei seinen Ausflügen be-wegte. Auf das verschlafene Bornhain raste, von der Mehrheit unbemerkt, ein regelrechter Verbrechensts-unami zu!

Irgendwas ging gerade entzwei. Vielleicht Bierflaschen oder auch einige morsche Latten von den Bänken, die vor der Tribüne standen, welche früher als Austra-gungsort für diktatorische Propaganda gedient hatte. Das Gebäude stand in der Farbe eines angelaufenen Fußnagels. In den Neunzigern war es mehrmals erfolg-los umfunktioniert worden - zuerst Küchenstudio, dann Spielcasino, schließlich Gebrauchtwaren – nichts rech-nete sich, niemand blieb auf Dauer, lediglich auf den un-ausweichlichen Leerstand schien Verlass zu sein. Der Zahn der Zeit hatte einige Stellen des Mauerwerks ka-riös werden lassen. Bedrückt wanderte Andreas' Blick die Straße herauf und herunter. Kein Mensch war zu se-hen, aber einige Autos rauschten an ihm in beide Rich-tungen vorbei.

„Wo ist im Bornhainer Alltag etwas von der Wirklichkeit zu finden, die in den Wahlkampfzeiten heraufbeschwo-ren wird? Wo sind hier Zeichen der Freundlichkeit, Of-fenherzigkeit, Heimatverbundenheit und Aufopferungs-bereitschaft", fragte sich Andreas. Große Worte, mit de-nen die Mitteextremisten und Totaldemokraten im Wahlkampf für sich Werbung machten! Waren diese in

Slogans verschnürten Tugenden nicht traditionell weibliche Eigenschaften? Wahrscheinlich hätte die Zwangseinbürgerung von ein paar hundert sanftmütigen Frauen die meisten Probleme von Bornhain auf verblüffend einfache Weise gelöst, dachte Andreas. Er selbst war bei seiner Suche nach einer zu ihm passenden Weiblichkeit stets zu wählerisch gewesen. Als übergewichtiger verträumter Junggeselle war er für schöne Frauen zu hässlich, für unschöne zu anspruchsvoll, was ihn schließlich in die Arme professioneller Liebesdienerinnen getrieben hatte. Der köstliche Biss in den schnell verderblichen Apfel der süßen Sinnlichkeit war allerdings recht kostspielig – gerade für einen Prekariatsangehörigen wie ihn. Obwohl er, wie es im Gewerbe üblich war, jedes Mal im Voraus bezahlte, vermittelten seine traurig herabhängenden Schultern, seine mit dem Ausdruck ewigen Bedauerns abgespannten Gesichtsmuskeln und sein wie tot wirkendes Becken eine derart erbärmliche Erscheinung, dass einige Sexarbeiterinnen ihn mit falschen Komplimenten aufmuntern wollten. Natürlich war die kränkende Gaukelei dieser Zugeständnisse seiner hochsensiblen Wahrnehmung nicht entgangen, was seinen Minderwertigkeitskomplex nachhaltig verfestigte.

Als er die Vierzig überschritten hatte, befand er sich auf einer unendlichen Geisterbahn der erotischen Verwünschung. Die Bürgersteige von Bornhain schienen für immer wie leergefegt und die Begegnung mit einer passenden Frau seines Alters kam ihm hier ungefähr so wahrscheinlich vor wie das Auffinden eines Revolvers im Nachttischschrank von Mahatma Gandhi. Natürlich war auch die Kontaktaufnahme zu den vereinzelten

Joggerinnen im Stadtpark, die in der Befürchtung, sie könnten von Typen wie ihm angesprochen werden, nie ohne Kopfhörer unterwegs waren, geradezu unmöglich. Attraktive Frauen waren in den ländlichen Gegenden Mitteldeutschlands unglaublich rar geworden und ließen sich entsprechend umwerben. Selbst die unansehnliche Weiblichkeit wurde immer arroganter und formloser. Bei gesellschaftlichen Zusammenkünften - wie etwa Stadtfesten, Tanzveranstaltungen, Feiern des Feuerwehr- und Schützenvereins - konnte Andreas eine soziale Unausgeglichenheit ausmachen, die mit der Sicherheit eines Naturgesetzes wiederkehrte. Er nannte es die Viertel-Regel: Von den Besuchern der jeweiligen Veranstaltung waren nur ein Viertel Frauen. Von diesem weiblichen Viertel war nur ein Viertel schön. Von diesem Viertel war nur ein Viertel noch nicht vergeben und von diesem Viertel der noch nicht vergebenen Frauen war lediglich ein Viertel überhaupt an einem Kennenlernen interessiert. So ergab sich rein rechnerisch meist eine Null vor dem Komma des Prozentsatzes derjenigen Personen, die für ihn als Partnerinnen in Frage gekommen wären.

Vera hatte den Eindruck, die Zweizimmerwohnung, die Andreas in der Stadtmitte gemietet hatte, sei ein gewöhnlicher, verschatteter Mieterkäfig. Die Miete allerdings war nicht gerade gering. Andreas hatte sich etwas einfallen lassen müssen, wenn er mit ihr den geräumigen zierpflanzengesäumten Balkon mit Aussicht auf den Marktplatz von Bornhain auf Dauer genießen wollte. Woher er das Geld nahm, wusste sie nicht. Sie nahm an, es würde seine männliche Ehre verletzen, wenn sie ihn zu sehr danach ausfragte. Das kleinstädtische Leben empfand er als inspirierend, sie dagegen als nervtötend. Einige der Bornhainer Geschichten hatte er ihr erzählt. Aber auch Leute, die er überhaupt nicht kannte, zufällige Gäste der Stadt brachten seine Fantasie in rasende Fahrt. Da sie, was ihre eigene Vergangenheit betraf, hartnäckig schwieg, spekulierte Andreas ein wenig und landete bei Geschichten, die wohl eine störend enge Verwandtschaft mit der Wahrheit aufwiesen. Muss man immer alles in Worte fassen, wenn sie der Erinnerung nicht gerecht werden? Man kann sich selbst seinen Teil denken, wenn Vera am Ende dieser Spekulationen mit demonstrativer Heftigkeit die Hand erhob. Herunterspielendes Abwinken oder Drohgebärde? Die Tränen, die sturzbachartig aus ihren Augen quollen, ließen Andreas über eine Neudefinition von Wasserkraft nachdenken.

„Ich bin nicht dein Spielzeug!" Mit diesem Satz aus den faltigen Abgründen ihres Herzens waren die grazilen Säulen ihres amourösen Selbstbetrugs in die Luft geflogen. In der grauen Asche der Tage und Wochen glomm die Glut der Erkenntnis, dass sie sich nicht länger guttun würden. Immerhin hatte Andreas versucht, sie herauszuholen aus diesem unseligen magischen Viereck von lästigen Geldsorgen, schaler Gewohnheit, Ausflüchten und Selbstverleugnung, in dem sie gesteckt hatte. Vera war ohne hochfliegende Hoffnungen bei ihm eingezogen. Aber dadurch, dass er ihr seitdem alles bezahlte, hatte er sie in eine missliche, demütigende Lage gebracht. Ihre Praxis als Kuscheltherapeutin lief von Anfang an gut und Vera wäre in der Lage gewesen, etwas zum gemeinsamen Lebensunterhalt beizusteuern. Während der Fernseher lief, redeten sie aneinander vorbei:

„Du denkst, ich bin auf dich angewiesen", bemerkte sie lax.

„Ich versuche einfach, dir zu helfen." Er schaute sie erwartungsvoll von der Seite an, während der Bildschirm weiterhin Veras Blick fixierte. Trotzdem lauerte sie auf das, was er noch sagen würde, doch er schwieg.

„Manchmal ist dein Verhalten so festgefahren, so künstlich, dass ich vergesse, dass du ein Mensch bist. Dein morgendliches „Hallo!", deine täglichen Spaziergänge, unsere Gespräche – alles wie tausendmal gefragt und tausendmal gesagt…", stellte Vera fest.

„Das ist eben Alltag, das sind Rituale, die jeder kennt. Kein Grund, eine Jammerarie darüber anzustimmen!" Andreas streckte die Arme von sich, was Vera als Geste der Hilflosigkeit vorkam.

„Wie soll es deiner Meinung nach weitergehen?" Das Blut schoss ihm ins Gesicht, während er sich vom Sofa erhob.

„Ich bin glücklicher allein. Ich will mein eigenes Leben zurück", entgegnete Vera.

Hätte er ihr glauben sollen? Vera war nicht auf der Suche nach ihrem eigenen Leben. Den neuen Mann, dem sie ihm vorzog, hatte sie mit keiner Silbe erwähnt. Vera strich sich jetzt mit ihrer rechten Hand über ihre linke Wange. Wenn diese Geste von Andreas bemerkt worden wäre, hätte er in ihr eine uneingestandene Verlegenheit lesen können.

4

"Eine Eins, eine Zwei, ein Punkt, noch eine Null, eine Sieben und eine Zwölf – was konnte das bedeuten", grübelte Andreas, als er das Datum auf dem Einladungsbrief entzifferte, den man ihm von der kommunalen Arbeitsvermittlung geschickt hatte. Die Betreffzeile, in der man lesen konnte, es handelte sich um eine Einladung zur Besprechung seiner Bewerbungsaktivitäten, verschwamm vor seinen Augen ins Enigmatisch-Unleserliche. Er musste bei sich in letzter Zeit intellektuelle Aussetzer verzeichnen, die sich seit seiner Verurteilung vor Gericht noch verstärkt hatten. Vorladungen zu Gesprächen, die sowohl ihm als auch den Arbeitsvermittlern peinlich waren, empfand er als Zumutung. Es schien, als weigere sich sein Verstand, die eigene Situation realistisch zu erfassen.

Seit Jahren hatte er seinen Arbeitsvermittlern die Geschichte vom baldigen politischen Durchbruch der Freien Geister erzählt. Er sei ein Mann der Tat und beileibe nicht beschäftigungslos. Eine riesige Umgestaltung werde nicht mehr lange auf sich warten lassen, eine neue Wende, die die gesamte Politik durcheinanderwirbeln würde und eine soziale Revolution auslöste, die nichts Geringeres als die Befreiung der abhängig Beschäftigten aus der widerwärtigen Lohnsklavenschaft nach sich zöge. Andreas war aufgrund seiner über die Jahre antrainierten geistigen Regsamkeit in der Lage, stundenlang über die Fragwürdigkeit entfremdender Arbeit zu referieren und ließ sich selbst mit der Kürzung seines Existenzminimums durch die zuständigen Mitarbeiter nicht kleinkriegen. Er nahm kein Blatt vor den Mund, wenn er seine selbsternannten Berater über das bedingungslose Grundeinkommen aufklärte, das die Freien Geister landesweit einzuführen gedachten, was allerdings mittelfristig eine Entlassungswelle bei Personalberatern und Jobvermittlern auslösen würde. Das sei jedoch nicht weiter dramatisch, da zweifelsfrei feststehe, dass Menschen auch ohne Zwang aktiv blieben, ja sogar erst dann zu produktiver Höchstform gelangten.

„Keine Sorge, ich habe sicher etwas für einen Mann mit Ihren Qualifikationen. Aber ich frage mich, ob Sie noch irgendetwas anderes können außer fantastische Reden zu schwingen...", unterbrach ihn sein Arbeitsvermittler, Herr Budlow.

Andreas gab zurück: „Na ja, ich bin von Natur aus hilfsbereit. Ich könnte Ihnen, Herr Budlow, schon zeigen, wie Sie endlich glücklicher mit sich selbst werden. Sie könnten in Zukunft als Talentberater oder Begabungsforscher eine sinnvolle Beschäftigung finden. Aber allererste Voraussetzung wäre, dass die Leute freiwillig zu Ihnen kommen."

Nein, da half kein gutes Zureden oder Augenrollen – der C-Kunde Lüderitz blieb unbelehrbar und ließ sich von der Sozialbürokratie nicht so leicht ins Bockshorn jagen. Er hatte gegenüber anderen einen entscheidenden Vorteil als mietfreier Mitbewohner im Haus seiner Mutter, die als Rentnerin und Witwe nicht solidargemein-schaftlich belangt werden konnte. Andreas reichte das Taschengeld aus, das man ihm trotz seiner mangelhaften Kooperationsbereitschaft zugestand. Seine finanziellen Ansprüche hatten sich plötzlich mit dem Zeitpunkt erhöht, als er mit Vera eine eigene Wohnung bezog. Die Ersparnisse des Frischverliebten hätten allenfalls für ein Jahr gereicht, um hälftig für die Miete aufzukommen, die die Zweiraumwohnung im Zentrum von Bornhain nun einmal kostete. Andreas war davon ausgegangen, Vera würde es durch ihre selbstständige Tätigkeit nichts ausmachen, für die andere Hälfte der Mietkosten aufzukommen. Er redete mit ihr darüber, aber das Gespräch hatte wunderliche Wendungen genommen und am Ende stellte sich heraus, dass seine Partnerin erwartet hatte, er werde allein für die Wohnkosten aufkommen. Er hörte sich sagen, das sei auch kein Problem und rechnete sich im Stillen aus, ob es wirklich keins war. War es falscher Stolz, war er von Natur aus ein Weichei oder war er schon ein Pantoffelheld? Aber nein, er war nur unempfindlich wie ein Crashtest-Dummy, friedfertig wie ein Boxkissen, von unendlicher Langmut wie ein Sandsack.

Vera war sich nach einem halben Jahr des gemeinsamen Lebens sicher, dass es keine gute Idee gewesen war, mit Andreas zusammenzuziehen. Zwar nutzte sie die Wohnung für die Kuscheltherapie und diese Sitzungen warfen eine verteufelt profitable Umsatzrendite ab. Doch Andreas stand offensichtlich ohne nennenswertes Einkommen da und Vera hatte nicht vor, dem Mann Geld zu schenken, den sie sich als ihren Beschützer und Versorger ausgemalt hatte. Andreas war offensichtlich ein Träumer und Visionär. Das konnte Vera zur Not akzeptieren, aber sie war nicht von der Weltstadt Prag in die Provinzstadt Bornhain gekommen, um dort einem Kindskopf seinen politischen Idealismus zu finanzieren.

„Es ist kein großes Problem", meinte Andreas. Sie saßen sich am Tisch der Einbauküche gegenüber. „Ich habe einiges Erspartes, und es findet sich immer ein Weg."

„Floskeln! Du solltest dir lieber eine richtige Arbeit suchen, als bei diesem unbezahlten Politikkram zu bleiben", erwiderte Vera.

„Na ja, bestimmt hast du recht und ich mach das. Hauptsache wir bleiben zusammen!" Andreas war in der Defensive.

Vera sagte: „Ist das nicht peinlich für einen Mann in deinem Alter, noch bei Mutti zu wohnen?"

„Ist mir egal, ist ja mein Elternhaus. Ich finde das nicht peinlich, außerdem wohne ich jetzt ja mit dir."

Andreas senkte den Kopf und begann, seine Hände zu kneten. Auf Vera wirkte das, als denke er verzweifelt über einen Ausweg aus seiner misslichen Lage nach. Es war jämmerlich, doch Schonung war hier fehl am Platz.

„Du musst sehen, wo du bleibst. Ist dir noch nie aufgefallen, je mehr du verdienst, umso weniger musst du arbeiten. Hättest du in der Politik wirklich Erfolg gehabt, müsstest du heute in Geld schwimmen, ohne viel Stress", behauptete Vera.

„Na ja, vielleicht wollte ich das ja gar nicht. Findest du nicht, dass es im Leben auch noch andere Dinge gibt als finanziellen Erfolg? Ich kenne die Bornhainer wie kein zweiter. Das ist doch auch was! Möchtest du noch einen Kaffee?"

„Ja gerne. Aber lass mal die Geschichten. Du solltest dich wirklich fragen, was dir dein Wissen über die Bornhainer bringt…"

Nach der Gerichtsverhandlung hatte sich Vera bei Andreas per SMS verabschiedet. Die eigentliche Trennung hatte schon vorher über ihr tagelanges Wegbleiben stattgefunden. Sie war mit dem Zug abgereist und saß nun im Foyer dieses billigen Zwei-Sterne-Hotels vor den Toren von Prag, das in ihren Augen mit seinem Billigkunststoff-Ambiente auch hervorragend zu Bornhain gepasst hätte. Da sich Andreas als Kommunalpolitiker ständig um Probleme gekümmert hatte, die nicht seine eigenen waren, war Vera immer mehr die soziale Orientierung ihres Partners in die Augen gesprungen und es war ihr unmöglich geworden, diese vermeintliche Naivität noch länger auszuhalten. In ihren Augen war den verwahrlosten Bornhainern nicht zu helfen. Sie hatten ihr Elend absolut verdient, da sie sich in den schmutzigen Pfützen von Trägheit und Selbstmitleid geradezu suhlten. Wegen des Engagements der Freien Geister für die Bornhainer Erwerbsloseninitiative hatte Vera sich zu einer Hasstirade hinreißen lassen, die Andreas endlich die Augen öffnen sollte:

„Gegen dieses Gesocks hilft, wenn du mich fragst, nur medizinische Notversorgung! Die kannst du alle getrost einschläfern lassen. Wenn die schon mit ihren dreckigen und verlotterten Sachen vor den Cafés hocken, wenn die schon ansetzen und ihren stinkenden Mund öffnen, um mit der nächsten Dummheit ihre Mitwelt zu beglücken, sollte man ihnen einen chloroformgetränkten Mullverband anlegen und sie zum tiefen Durchatmen ermuntern. Ihre ungepflegten Frisuren sollte man ihnen abrasieren und ihre Spelunken und Ecken, wo sie sich treffen, hätte man aus Hygienegründen schon längst abbrennen sollen. Wenn sie wenigstens irgendwas tun würden, aber sie sind stinkfaul, verantwortungsscheu und an ihrem Elend selbst schuld. Jeder normale Mensch hält sich fern von diesem Abschaum. Bis die von sich aus was Nützliches tun, friert die Hölle zu. Ich kann überhaupt nicht nachvollziehen, warum ein intelligenter Mensch wie du mit denen seine Lebenszeit verschwendet..."

„Der verworfene Stein, ist der Eckstein", hatte Andreas auf seine harmlose Art geantwortet und Vera wandte sich erbost von ihm ab. Andreas fühlte sich, je länger er selbst in prekären Lebensverhältnissen verharrte, immer stärker mit den Randgruppen der Gesellschaft verbunden. Er erinnerte sich an seinen verstorbenen Vater, der kurz vor seinem sechzigsten Geburtstag als Dachdecker nicht mehr arbeiten, aber auch nicht mehr umgeschult werden konnte.

Vera änderte ihre Meinung über die Bornhainer nicht mehr. Schon wie diese Leute ihr jedes Mal hinterherglotzten, wenn sie in Stöckelschuhen über das Trottoir stolperte, brachte sie in Rage. So als hätten sie noch nie eine Frau gesehen, die nicht wie eine graue Maus herumlief. Nein wirklich, Andreas und seine Bornhainer hatte sie bis obenhin satt.

Während Vera jetzt im Hotel das Gespräch der Restaurantangestellten wahrnimmt, die sich über eine belanglose Fernsehquizsendung vom Wochenende unterhalten, überrollt sie plötzlich eine heftige Welle von Selbstmitleid und sie fragt sich, wie sie zu dem geworden ist, was sie mittlerweile darstellt – eine vom Pech verfolgte Frau Mitte Dreißig, die vergeblich ihre Schönheit und ihren Wohlstand zu verewigen sucht. Gern wäre auch sie ein empfindsamer Mensch voller Wunder und Geheimnisse, der aufgrund seiner sozialen und originellen Aktivitäten von vielen verehrt wird. Leider kommt es ihr so vor, als ob sie von der Welt ganz falsch wahrgenommen wird und sich alles Hässliche und Widrige, was ihr begegnet, schicksalhaft ereignen würde. An Kindertage, in denen sie einmal geglaubt hatte, das Leben müsste wie selbstverständlich ganz wunderbar verlaufen, kann sie sich nicht erinnern. Es gab in ihrem Leben keine Traumzeit, dafür eine Welt der beschränkten Möglichkeiten und enttäuschten Erwartungen.

In der goldenen Stadt, in der ein kubanischer Gastarbeiter mit ihrer Mutter einige Monate Kontakt hatte, war sie in der ganz und gar nicht glänzenden Plattenbausiedlung *Jižní mesto* aufgewachsen. Die Helden der Arbeit hatten sie in den 1970er Jahren in einer pflichtbewussten Kraftanstrengung hochgezogen. Es war der ideale Ort, um politische Phrasendrescherei von realen Lebensverhältnissen unterscheiden zu lernen – eben eine schlammige Großwohnsiedlung in jahrelang verzögerter Fertigstellung. Sie war noch nicht zwölf Jahre alt gewesen, als ihr Vater nach Kuba zurückkehrte. Ein paar Jahre später folgte die Nacht als ihre Mutter von einer Tanzveranstaltung heimkehrte, bei der sie irgendein Idiot um ihre Ohrringe erleichtert hatte. Der Mann hatte die wertvollen Brillanten einfach von den Ohren gerissen, so dass die Ohrläppchen seither geteilt waren. Wohin mit der Wut auf diesen Unbekannten?

Als Jugendliche begriff Vera die Macht ihrer exotischen Schönheit und spürte die begehrlichen Blicke der Männer, die sie auf sich zog. Als Minderjährige hatte sie die Einladung eines Mannes nicht abgeschlagen, mit ihr am Wochenende einen Ausflug ins Grüne zu machen. Die fürsorglich-väterliche Manier seiner Versprechungen und der funkelnde Luxus seines roten Ferraris – diese Kombination war ihr damals lächerlicherweise unwiderstehlich vorgekommen. Dieser ältere Herr war wirklich nett gewesen, erfüllte ihr jeden Wunsch, der mit Geld zu bezahlen war und gab gewissermaßen dem Rohdiamanten seinen ersten Schliff. Vera selbst hätte das wohl nicht so gesehen. Als sie in einer Bar als Kellnerin zu arbeiten anfing, häuften sich die amourösen Angebote. Der Gedanke, aus der albernen Versessenheit der Männer Kapital zu schlagen, drängte sich ihr förmlich auf. Sie hatte die Erfahrung gemacht, dass selbst wilde Männer spätestens nach dem Orgasmus friedlich wie Zwergkaninchen wurden. Ihre Attraktivität brachte einige Bewerber dazu, sich wie junge Löwen um sie zu reißen – wenngleich das bei genauerem Hinsehen schlimmstenfalls eine Schlägerei vor einer Prager Bar bedeutete. Mit der Zeit wurde Vera klar, kein Kind in die Welt setzen zu wollen und sie entwickelte die Meinung, sie habe sich für diese verantwortungsvolle Entsagung etwas Wohlstand und Amüsement verdient. Als sie volljährig geworden war, hatte sie sich ein Studium oder selbst eine Karriere als Tänzerin oder Fotomodell längst aus dem Kopf geschlagen.

Und wirklich, Vera wurde zur begehrtesten Escort-Dame südlich des Böhmerwalds. Zudem eignete sie sich übers Lesen und ihre zahlreichen Bekanntschaften ein breites Allgemeinwissen an. Small-Talk über Freizeitaktivitäten, Fernsehstars, berühmte Sänger, famose Tiere und begehrte Reiseziele fiel ihr leicht. Sie konnte mitreden, ohne zu belehren und verstand es mit der Zeit immer besser, sich dem Anlass entsprechend zu kleiden. Ein Konzert, eine Vernissage, ein Opernbesuch – sie vermittelte ihren Kunden stets den Eindruck, interessiert und stilsicher dabei zu sein. Vera verstand sich immer häufiger als galante Begleiterin oder Gesellschafterin auf Zeit. Außerdem ist es falsch für eine bloße Geschäftsbeziehung die eigene Haut zu riskieren, wenn man auch durch geistiges Engagement zum Ziel kommen kann.

„Warte auf mich!", hatte Marek die Arme hochreißend gerufen, der ihr, nachdem sie nach Hause aufgebrochen, nachgelaufen war. Vera hielt am Fußgängerüberweg, aber machte unmissverständlich klar, ihre Reaktion wäre ein verkehrstechnischer Zufall: „Die Ampel ist rot", sagte sie vernehmlich. Marek redete auf sie ein wie gegen eine Wand. Vera hatte sich gegen alle Arten von Gefühlsduselei immunisiert. Niemals würde sie sich auf einen Handel einlassen, der sie auf lange Sicht ruinierte. Marek hatte versucht, ihr hochtrabend seine Versessenheit als Liebe zu verkaufen. Aber seine Zeit war eben abgelaufen wie die der anderen Männer, die von ihr mehr gewollt hatten, als sie zu geben bereit war. Innerlich hatte Vera es so beschlossen und es war mit nichts mehr dagegen anzukommen.

Sie sah im Augenblick eine kleine Gruppe von Kindern über den *Petersplatz* laufen. Sie versuchte, sich in den Gesichtern der Kinder das Gesicht von Marek wachzurufen. Vergeblich. Sie bemerkte, wie sie sogar begonnen hatte in der Gruppe der Kinder nach ihren eigenen Zügen Ausschau zu halten, wohl wissend wie lächerlich diese Suche war. Durch ihre Kontakte - und mochten sie noch so intensiv verlaufen sein - ließ sich nach den Gesetzen der Genetik keine sichtbare Selbstbegegnung herbeiführen. Die Spuren, die Vera hinterlassen wird, werden nicht in den Gesichtern und Körpern zu lesen sein. Die Spuren, die von ihr bleiben, werden im Sand des Vergessens verweht werden. Sie fragte sich: „Was bestimmt, an wen wir uns erinnern und woher kommt die Empfänglichkeit für bestimmte Menschen? Was nimmt man sich zu Herzen, was vergisst man?" Veras Ex-Kollegin Anna hätte sich über solche Fragen aus ihrem Munde hergemacht wie eine Katze über die Maus. Sie glänzte bei ihrem Wiedersehen wie immer durch belehrende Vortragstätigkeit...

„Weißt du, es ist so: Männer kapieren nicht, dass Frauen sie eigentlich gar nicht brauchen. Wozu sind Männer da? Du musst dich einfach fragen, was es dir bringt - egal mit welchem Idioten du dich einlässt, du sitzt immer auf der anderen Seite der Krawatte - hundertprozentig hätte er eh mit dir in ein paar Wochen Schluss gemacht, wenn er dann eine andere kennengelernt hätte, die dir gesichtstechnisch oder im Bett oder irgendwie anders überlegen gewesen wäre – du kannst einfach nicht auf diese Typen bauen, sondern musst sehen, was du für das, was du ihnen gibst, bekommen hast und zwar jeden Tag – du musst jederzeit bereit sein, die Rechnung abzuschließen und wenn du dann rechnest und nicht im Minus bist, dann wäre alles gut, aber *du* bist zu oft im Minus, wenn einer geht, das ist immer wieder das Problem bei dir – immer wieder derselbe Bankrott – du müsstest da endlich mal was ändern, bei dir sind immer alle anderen schuld – ständig brauchst du einen Eimer, in den du kotzen kannst, was du Vergiftetes gefressen hast – dabei hast du keine Ahnung, was du damit anfangen sollst – lass es einfach, soll sich ein anderer etwas daraus machen…"

Vera meinte, durch diese mit unterweisenden Sprüchen, wohlmeinenden Ratschlägen und aufdringlichen Warnungen durchsetzten Wortdurchfälle leistete Anna absolut keine Hilfe. Andere Zuhörer mochten sich an diesen Plattitüden ein Beispiel nehmen. Vera hatte gemerkt, wie Anna ihre Rede mit einer subtilen Leidensmiene begleitete, die sie genüsslich aufsetzte, um zu demonstrieren, wie viel bittere Erfahrungen ihr der strömende Fluss ihrer plätschernden Wortkaskaden abverlangte. Es war sichtbar, wie sie sich nach diesem Exerzitium innerlich gereinigt, gestärkt und gewachsen fühlte. Und wem Anna prophezeite, es sei alles nicht so schlimm und es werde alles gut, dem schwante, dass echtes Unglück drohte. Das war also diesmal wenigstens nicht der Fall, dachte Vera. Sollte Anna von ihrer Weisheit doch ein Damenbart wachsen! Vera bereute nichts. Es war keine schlechte Idee gewesen, eine Weile in Mitteldeutschland zu arbeiten. Sie hatte ihre deutschen Sprachkenntnisse ausgebaut und die Arbeit als Kuscheltherapeutin würde sie bald andernorts fortsetzen.

Die Heimkehrerin spazierte versonnen durch eine Gasse und irgendein männliches Subjekt in ihrer Nähe hatte gerade ausgerufen: „Hola! Ich grüße Sie, schöne Frau!" Ohne sich direkt angesprochen zu fühlen, mehr aus Neugier, hatte sie sich umgeschaut und registriert, welches junge gutaussehende Mädchen so begrüßt wurde. Ein klein wenig hatte sie schon gehofft, sie hätte gemeint sein können - das musste sie sich beim Weitergehen eingestehen.

5

Im November hatte sich Andreas Lüderitz bei seinen Mitstreitern entschuldigt und seinen Rückzug aus der Kommunalpolitik angekündigt. Er hatte sich vom Stammtisch beinahe so, als wäre es für immer verabschiedet, nicht ohne zu beteuern, er habe der Wählervereinigung der Freien Geister durch seine leihweise Geldentnahme keinesfalls schaden wollen. Trotzdem sei er sich wegen der medialen Ausschlachtung bewusst, einen Fehler gemacht zu haben. Diese reumütige Darstellung blieb, wie er es erhofft hatte, widerspruchslos. Es sollten jetzt ruhig einmal andere bei den Freien Geistern ran. Vielleicht täte sein Rückzug der Bornhainer Kommunalpolitik sogar gut. Eine Lokalvereinigung, die Wert auf die lupenreine Integrität ihrer Amtsträger legte, war sowohl für die erzkonservative als auch für die radikal-subversive Wählerschaft von Bornhain auf fatale Weise attraktiv. Man sah Andreas in letzter Zeit bei seinen täglichen Spaziergängen mit nachdenklicher Miene. Hatte er, da er von Vera und seinen politischen Mitstreitern verlassen war, überhaupt noch ein Ziel? War seine ungewöhnlich ausgeprägte Gemeinwesensorientierung nicht eine Schönfärberei für sein Desinteresse an sich selbst?

Wenn er über diese kritischen Fragen nachdachte, verfinsterte sich sein Blick. Auf alle Gehässigkeiten und Vorwürfe, die er jahrelang von den Politkumpanen der Mitteextremisten und Totaldemokraten eingesteckt hatte, auf seine gescheiterten beruflichen Pläne und schließlich auf seine Chancenlosigkeit bei den Frauen hatte er stets leichthin mit Unverdrossenheit, ja sogar mit Gutmütigkeit und froher Laune reagiert. Warum nur? Vermutlich war es so, dass er sich inmitten der Trostlosigkeit, partner- und kinderlos wie er lebte, verzweifelt nach einer Atmosphäre der Warmherzigkeit sehnte. Er sagte sich, wenn er selbst nicht fröhlich und warmherzig wäre, dann würde es in seiner Umgebung kaum jemand sonst sein. Das war zumindest für Andreas ein naheliegender Gedankengang, der Nietzsches „Also sprach Zarathustra" bereits mehrmals allein im Dunkeln gelesen hatte. Zudem war eine politische Karriere von links unten nach rechts oben für den Stadtverordneten Lüderitz überhaupt nicht denkbar. Diese Option konnte sich - entgegen Veras Anraten - unter keinen Umständen für ihn ergeben, weil er nie ernsthaft erwogen hatte, sein jahrelang praktiziertes Ideal von ehrlicher Mitbürgerlichkeit mir nichts dir nichts über Bord zu werfen.

Andreas lebte seit seinem Studienabbruch von Ehrenamtspauschalen und dem, was ihm seine Mutter von ihren Ersparnissen zur Verfügung stellte. Die Rentnerin hielt sich glücklicherweise recht gesund und besorgte Einkauf und Haushalt, so dass der Sohn sich um nichts weiter kümmern musste, als die Rechnungen für den laufenden Betrieb zu begleichen. Als da waren Grundsteuer, Fernseh- und Rundfunkgebühren, Kosten für Strom, Heizung und Warmwasser, monatlich zu entrichtende Abgaben für Abwasser und Müllabfuhr, Versicherungen gegen Blitzschlag, Brand und Einbruch sowie gelegentliche Handwerkerrechnungen, die für Ausbesserungen des Dachs oder für Malerarbeiten anfielen. Es handelte sich also um ein überschaubares Pensum an Ausgaben, was jährlich und monatlich zu verwalten war, allerdings schien der Sohn mit der Bewältigung dieser Aufgabe überfordert. Das war in gewisser Hinsicht erstaunlich, denn er hatte als Stadtrat mehrere sachkundige Änderungsanträge für den städtischen Haushalt formuliert, die den Eindruck erweckten, Andreas kenne sich in wirtschaftlichen Angelegenheiten aus. Die Organisation der eigenen Einnahme- und Ausgabenposten allerdings war etwas vollkommen anderes. Die Mahnbriefe, die der Postbote brachte, passten bald nicht mehr in das Schränkchen, in den er diesen lästigen Schriftverkehr versenkte.

Schon nach einem Jahr bekam man ungebetenen Besuch von zwei Pfändungsbeamten, die alles, was einigen Wert hatte, aus dem Haus zur Versteigerung abtransportierten. Es fand sich zwischen den abgenutzten Möbeln zwar nicht viel, doch nach diesem Vorfall schärfte Andreas seiner verängstigten Mutter ein, sie solle, wenn jemand am Gartentor läutete, auf keinen Fall öffnen. Aber woher nahm er das Recht, seine Erzeugerin gegen die Welt derart abzuschotten? Was soll man lange drumherum reden, das war nicht recht!

Inzwischen war die Adventszeit herangekommen und Andreas nutzte die sonnigen trockenen Tage für seine gewohnten Spaziergänge auf den Straßen, Wegen und Trampelpfaden um sein Kleinstadtrevier. Er bog in die *Mühlgasse* ein, die er für sich selbst als Vorgartenpromenade bezeichnete und erfreute sich an den weihnachtlichen Figuren und Gegenständen, die in jedem Gärtchen aufgestellt waren. Bei den Eigenheimsiedlungen war der ökonomische und kulturelle Verfall Bornhains am wenigsten zu spüren. Hier gab es keine vernagelten Fenster oder verrottende Fabrikanlagen, stattdessen Eigensinn für blankpolierten Nippes und bunt lackierten Gartenschmuck. Die Gastfreundschaft und Offenheit, die in Bornhain gegenüber den Ortsfremden herrscht, manifestierte sich etwa auf einem lackierten Weißblechschild, auf dem ein Hundekopf mit Sprechblase abgebildet war. Darauf stand zu lesen: „Ich brauche fünf Sekunden bis zum Gartentor. Und du?"

Nun kam Andreas am Eigenheim von Rühmings vorbei. Andernorts war man bemüht, die Figur des Weihnachtsmanns als rüstigen und erfolgreichen Kletterer darzustellen. Bei Rühmings aber hatte das Väterchen im roten Wams den Dachfirst auf unglückliche Weise erklommen und baumelte an einem Seil, das sich um seinen Hals verheddert hatte. Es hatte sich eine Schlinge gebildet, die sich mit jedem imaginären Strampeln des alten Herren immer enger zog. Offen blieb in diesem verzweifelten Akt, ob ein skurriler Unfall oder ein tragischer Freitod illustriert werden sollte. Andreas fand, es sei ein fader, fragwürdiger Humor, den das kinderlose Ehepaar Rühming mit diesem „Aushang" zelebrierte. Die meisten Bornhainer würden sich jedoch an dieser Szenerie ergötzen, das ahnte der ehemalige Stadtrat. Die hämische Bosheit, die aus dem Selbsthass der Leute gewachsen war, solidarisierte sich nur zu gern. Behinderung und Vernichtung alles Schönen, Glücklichen und Fröhlichen war für die meisten Leute zu einer regelrechten Herzensergießung geworden.

Das zeigte sich nicht zuletzt auch in der gehässigen Lieblosigkeit, mit der die Stadtverordneten ihren politischen Mitbewerbern begegneten. Jedes Mal, wenn Andreas im Stadtrat die Rede auf das seiner Meinung nach mangelhafte kulturelle Leben der Gemeinde gebracht hatte, war ihm von den Abgeordneten der eisige Wind der Verständnislosigkeit entgegengeschlagen. Er plädierte für mehr Kontakt- und Begegnungsmöglichkeiten, für kollektive Begrünungs-, Müllbeseitigungs- und sonstige Mitmachaktionen, die seiner Meinung nach das Selbstbewusstsein und die Kommunikationsfähigkeit seiner Mitbürger gehoben hätten. Aber wer wollte das eigentlich? Jeder Bürger, ob Mitteextremist oder Totaldemokrat, hatte längst seinen Verein gefunden. Die Schützen ermittelten ihren König im Schützenhaus, die Fußballer kultivierten den Breitensport im Sportlerheim, die Feuerwehrleute löschten ihren Durst im Gebäude der Feuerwache, die Kleingärtner überwachten sich gegenseitig in ihren Kleingärten und die paar Christen, die es noch gab, konnten in der Kirche für getane und ungetane Sünden büßen, indem sie ihr wurmstichiges Liedgut pflegten.

Beim Stadtfest begegneten sich einmal jährlich alle in ihren historischen Trachten und Uniformen, indem man einen farbenfrohen Umzug veranstaltete, der unvergesslich blieb. Denn selbst der kleinste Bornhainer konnte eine Riesenbratwurst essen und wurde dabei von einem Reporter des Bornhainer Tageblatts fotografiert. Die Freien Geister hatten jedoch wieder nicht zufriedenstellend mitgewirkt, meinten die Leute.

„Tzs!", zischte Andreas wie eine gereizte Schlange durch seine lückenklaffenden kaffeegelben Schneidezähne, als er weiterhin unentwegt auf den Bürgersteigen von Bornhain umherzog. Nach einiger Zeit bemerkte er kaum, wie er anfing, im Rhythmus seines Vorwärtsschreitens zu murmeln. Er befand sich im stummen Disput mit sich selbst und raunte sich zu: „Seit ich den Richterspruch empfangen habe, hat sich nicht viel geändert. Nach wie vor spaziere ich Tag für Tag durch diese Stadt, ernähre mich von Tütensuppen und Trockenobst, doch meine Fantasie reicht weit genug, mir vorzustellen wie die Meister des Müßiggangs in einer abgeschiedenen Villa bei Kalbsbraten und Trüffel gegenteilige Geschmäcker und Ansichten ausbilden. Ist es mir wirklich zumutbar halbe Tagesreisen zu unternehmen, um absurde Vorstellungsgespräche zu führen? Jedes Mal wenn ich mich in den Probezeiten als Fensterputzer, Seniorenbetreuer oder Call-Centermitarbeiter wiederfinde, ertappe ich mich dabei, wie ich anfange über Wesen und Wert erschlichener Berufsunfähigkeit nachzudenken..."

Er lächelte wieder einmal über sich selbst und musste sich eingestehen, sich trotz seiner Offenheit dem unmittelbaren Kontakt zu bestimmten Leuten bisher verweigert zu haben. Er führte sein undeutliches Selbstgespräch fort: „Das ist falscher Stolz, denn es wäre wohl kein größeres Gehirnzellengemetzel zu befürchten, wenn ich mich weniger reserviert verhielte…" Andreas kam unvermittelt der Gedanke, seine Stadt gleiche einem alten Kino, in dem er als ein einziger Zuschauer saß. Der herbeigesehnte fulminante Filmstart ließ jedoch scheinbar ewig auf sich warten, denn es kam ihm so vor, als ob er täglich eine nur durch die Jahreszeiten variierte Abfolge des gleichen Vorspanns zu Gesicht bekam. Für gewöhnlich gähnte dem forschenden Spaziergänger das interesselose Wohlgefallen der Bornhainer entgegen. Dabei hatte es in der Vergangenheit schon einige Abwechslung im Programm gegeben.

Nazismus, Stalinismus und notorische Abwanderung der jungen kreativen Köpfe hatten ein politisches Brachland hinterlassen, auf dem der Wind der Vergeblichkeit sein melancholisches Lied pfiff. Nirgends flammten Fackeln der Begeisterung, nicht einmal Kerzen der Hoffnung auf. Sehr selten war es durch einige gelangweilte Jugendliche zu Strohfeuern des Vandalismus gekommen, die in Resultaten wie eingetretenen Schaufenstern oder umgestoßenen Müllkübeln ihren faden Höhepunkt fanden. Andreas vermutete, diesen jungen Leuten würde eine Kuscheltherapie mehr helfen als das Geld, das der Stadtrat für eine neue Sozialarbeiterstelle dem Jugendhilfeausschuss bewilligt hatte.

Mittlerweile meinte Andreas, bestimmte Zusammenhänge zu erkennen. Jeder privater Rückzug hatte auch

öffentliche Konsequenzen. Altenpflege und Seniorenbetreuung waren in den letzten Jahren zum bedeu-
tendsten Wirtschaftszweig der Kleinstadt geworden.
Der Gewerbeverein war durch den Internethandel und
die Bevorzugung der Discounter in den letzten Jahren
bedeutungslos geworden. Es gab kaum noch Ge-
schäftsleute in der Stadt. Die Gewerbevereinsver-
sammlungen erinnerten an gezwungene Schultheater-
aufführungen. Der Meinungsaustausch der Mitglieder
zeichnete sich durch eine Mischung aus amateurhafter
Protokollversessenheit und Fantasterei aus. Man diskutierte etwa unermüdlich über die Notwendigkeit eines professionellen Internetauftritts, aber wegen orga-
nisatorischer Unentschlossenheit und medialer Inkom-
petenz fand sich unter den Anwesenden niemand, der
eine geordnete Zusammenfassung und Umsetzung der
geäußerten Ideen vermocht hätte.

Vielleicht war doch alles gut so, dachte Andreas jetzt.
Er hatte all die Jahre am Bornhainer Leben teilgenom-
men, bei den Flohmärkten, Bastelnachmittagen, nostal-
gischen Schlagerparaden, Fußballturnieren, Schützen-
festen und Havarieübungen der Feuerwehr für eine rei-
bungslose Kommunikation gesorgt. Als Stadtrat hatte
er sich im Interesse der Bürger mit Landespolitikern
und Mitgliedern der Stadtverwaltung herumgeärgert,
während alles beim Alten blieb und man jede Form einer kollektiven Ablenkung vom eigenen Versagen
schätzte. Diejenigen, die sich als Fensterputzer, Alten-
betreuer, Pflegehilfskräfte, Bauhelfer oder Küchenhil-
fen arm arbeiteten, hatten nichts gegen etwas bierselige Unterhaltung am Wochenende einzuwenden. Gelegentlich hatte Andreas fantasiert, was er für seine Stadt

tun würde, wenn er selbst ein vermögender Unternehmer und Investor wäre, aber das war utopisch.

Offensichtlich kamen seine Mitbürger ebenso gut ohne sein politisches Engagement zurecht. Niemand schien ihn zu vermissen, seit er sein Mandat niedergelegt hatte. Das eigentliche Versagen in seinem Lebenslauf, dessen Erkenntnis eine klaffende Wunde in seine bisherige Langmut gerissen hatte, war die Tatsache, sich selbst nicht helfen zu können. Er musste sich eingestehen, nicht der Mensch geworden zu sein, der er eigentlich sein wollte. Der Preis der Freiheit erschien hoch, wenn er bedachte, wie der Zirkel seiner Möglichkeiten mit den Jahren immer kleiner geworden war. Andreas hatte bei seiner angestrebten politischen Karriere auf jegliche Beziehungsschmiererei verzichtet. Was ihm immer wieder passierte, war, Beziehungen mit Schwächlingen einzugehen, die wie ein energetischer Vampir alle Lebenskraft aus ihm saugten, bis sie sich von ihm eines Tages ohne Dank lossagten und ihn sogar noch verteufelten. Alle seine Kontakte und Bekanntschaften waren in seinem Leben wieder und wieder nach diesem verhängnisvollen Muster verlaufen. Immer wieder hatte er darüber nachgegrübelt, wie sich dieses Schema in Zukunft vermeiden ließe. Am Ende befand er sich erneut mitten im Klangbild einer Kakophonie von Ereignissen, die ihm sirenenhaft die scheinbar ewig gleiche Melodie der eigenen Unzulänglichkeit um die Ohren schlug.

Da aber erblickte Andreas etwas, was sein Herz höher schlagen ließ. In der Nachmittagssonne nahm er auf dem ehemaligen *Engels-Platz* eine johlende Menschenmenge wahr. Es mussten an die Hundert Leute sein, die dabei waren, sich zu versammeln, um gegen irgendwen oder irgendetwas wechselhaft in Jubel- und Empörungsrufe einzustimmen. Das, was sich die stalinistischen Stadtplaner einst erhofft hatten, eine Freifläche, die für Demonstrationen und Aufmärsche genutzt werden würde, für begeistertes Exerzieren im Sinne militanten Säbelrasselns, schien unter dem politischen Vorzeichen der Gegenwart endlich wahr zu werden. Jeder Politiker träumt davon, an einer Bewegung teilzuhaben, die die träge Masse in ein beschwingtes Mitläufertum verwandelt. Man strebt in Einigkeit für eine edle Sache. Hier und heute schien es sich also zu ereignen!

Allerdings erfasste Andreas im Nu, dass es sich bei den Demonstranten offensichtlich um zwei Ansammlungen handelte, die den wohlbekannten politischen Zwist aus dem Stadtparlament wiederspiegelten. Man war gerade im Begriff, sich zu beschimpfen und fing an, sich mit leichten Gegenständen wie Flaschen und Feuerwerkskörpern zu bewerfen. Er erkannte aus sicherer Entfernung Banner und Plakate der Mitteextremisten, die gerade gegen den Fackelzug der Totaldemokraten in Stellung gebracht wurden. Er vernahm Fetzen einer floskelhaften Rede: „Deutschland der Mitte, Außenseiter raus!" Durch ein Megaphon führte ein Redner aus: „Wir wollen endlich wieder Maß und Mitte in unserer Gesellschaft! Die Außenseiterfreundlichkeit ist eine unverzeihliche Torheit unserer Politiker, die uns in den Medien aber als Klugheit verkauft wird! Wir fordern die Einführung des Mittelmaßes als die neue Maxime der mitteldeutschen Leitkultur! Wir brauchen kein Mitgefühl mehr, sondern ein Gefühl für die Mitte! Diesen Stolz kann uns keiner verbieten! Die Mitte sind wir und nur wir! Links und Rechts rufen wir zu: Ab durch die Mitte!!!"

Dagegen schimpften die Totaldemokraten lautstark und hielten Transparente, auf denen stand: „Das Problem heißt Staat! Nichts was vorkommt, ist illegal! Jetzt totale Demokratie wagen! Freiheit und Gleichheit für alle! Diese Stadt ist unsere Stadt – Mitteextremisten raus!!!"

Der ehemalige Stadtrat fühlte sich keiner Seite zugehörig, allerdings war er kein unbeteiligter Beobachter. Die meisten der Leute kannte er. Polizei war bisher nicht in Sicht, dafür die selbsternannten Bürgerstreifen aus den beiden verfeindeten Lagern, die nun einen Anlass hatten, die Sicherheit der Stadt bedroht zu sehen und anfingen, eigenhändig für Ordnung zu sorgen. Aus einer farbenfroh uniformierten Gruppe stach Kevin Kahlkopf heraus – tätowiert mit *Basecape* und Bullenbeißerschnauze – seines Zeichens der dickste Totaldemokrat von Bornhain, der aufgrund seiner fülligen Statur als *Crassus Wampus* stadtbekannt war. Er skandierte mit maschineller Zuverlässigkeit die eingeübten Slogans. Alle anwesenden Totaldemokraten waren zwar in betont unangepasster, bunter Aufmachung erschienen, aber trugen ein auffälliges Bändchen an den Handgelenken als obligatorisches Erkennungszeichen. Einige der *Radikalinskis* kannte Andreas aus einer Gang, die sich hauptsächlich formiert hatte, um devastierende Aktionen zu veranstalten. Graffiti auf frisch geputzten Hauswänden war der harmlosere Teil. Als ein Bürger mit Frustrationshintergrund die Jugendlichen wegen eines abgeschlagenen Autorückspiegels angezeigt hatte, war die Clique auf die Idee gekommen, den Kleingarten dieses braven Mannes ein wenig umzugestalten. Der künstlerische Eingriff in das Gemüsebeet konnte allerdings nicht jedermanns Geschmack treffen. Das Ergebnis tendierte stilistisch eindeutig ins Impressionistische und nicht bei jedermann kann ein entsprechendes künstlerisches Verständnis vorausgesetzt werden.

Andreas erkannte inzwischen einige Mitteextremisten aus dem Feuerwehr- und Schützenverein, denen sich ein paar der Krawallmänner aus dem *Bierpub in der Bahnhofstraße* angeschlossen hatten. Diese befanden sich wiederum im Schlepptau von einigen Kerlen aus der sozialpädagogischen Tagesgruppe der Bahnhofsmission. Andreas bewunderte das Mobilisierungspotenzial seiner politischen Gegner. Er nahm im Gemenge sogar ein paar der Radaubrüder aus dem Fußballverein wahr. Der Ex-Stadtrat hatte sich mit ihnen nie so recht eingelassen und niemals den Versuch unternommen, sie für die Freien Geister zu gewinnen, obwohl das Dreigestirn von Mitläufertum, Dummheit und Gewalttätigkeit ein Garant für aufsehenerregende Taten gewesen wäre. Symptomatisch war allerdings, dass auffällig wenige Frauen unter den Rebellen anzutreffen waren, dachte Andreas. Plötzlich standen ihm Mirko Koslowski und Marco Peschel gegenüber. Er kannte ihre Väter schon aus der Schule. Sie waren zielstrebig auf ihn zugekommen und Marco fragte: „Ach Herr Lüderitz! Wie geht's dir, du Lump?"

„Danke! Bis gerade eben gut!", gab Andreas mit gewohnter Großmut zurück.

„Wir zeigen's denen jetzt. Machst du mit, oder willst du gleich selber eine auf die Mütze?"

Die Augen von Marco und Mirko leuchteten kontaktfreudig. Hierauf lächelte Andreas ausweichend, senkte kommentarlos den Blick und gewann zügig einige Meter, indem er in die *Straße des Friedens* einbog, die mit leichtem Anstieg vom Zentrum wegführte. Sich zurückzuziehen, heißt nicht davonlaufen. Als er nach ein paar Schritten den Kopf wendete, um sich zu vergewissern, dass er die beiden los war, sah er, wie die Wogen des politischen Eifers auf beiden Seiten immer höher schlugen. Die Polizei versuchte, einen Keil zwischen die verfeindeten Lager zu treiben. Obwohl es bereits zu Handgreiflichkeiten, Rangeleien und einigen Platzwunden gekommen war, schien eine fröhlich-ausgelassene, von Silvesterknallern und fliegenden Flaschen begleitete Stimmung vorzuherrschen. Krawall, Rabatz, Randale - ein Freiheitsplacebo für Leute, die nicht wirklich aus der Tretmühle des Alltags ausbrechen wollen, aber das Gefühl brauchen, es zu tun, sagte sich Andreas angesichts dieser Szenen. Er kramte in seinem Gedächtnis... Marco und Mirko hätten gerade eine kaufmännische Ausbildung oder etwas Ähnliches erfolgreich absolviert, hatte er von irgendwem gehört. War es etwa das, was sich die Mehrheit der Bornhainer wünschte: Protest als Fest?

6

Am Rande der Autobahn, auf der sich Andreas mit einem Leihwagen auf dem Weg nach Südfrankreich befand, um sich einige Tage Urlaub zu gönnen, waren Warnschilder zu lesen. „Lass dich nicht ablenken, Schatz!" oder „Fahr nicht zu schnell, Liebling!". Andreas registrierte, wie diese vertraulichen Imperative ihm seine scheußliche Einsamkeit ins Bewusstsein rückten. Während er so dahinraste, kam ihm in den Sinn, ihn würde nach einem Unfall kaum jemand vermissen. Zum Glück fiel ihm noch seine liebe Mutter ein. Keiner seiner vermeintlichen Freunde von den Freien Geistern hatte sich bei ihm in den drei Wochen, die er nach einer Gallen-OP im Krankenhaus lag, gemeldet. Vera hatte ihm zwar zweimal eine SMS geschickt, doch auch sie hatte ihn kein einziges Mal besucht. Mag sein, sie wäre zu ihm gekommen, wenn er darum gebeten hätte. Aber es war wohl am besten, wenn man manchmal den Dingen ihren freien Lauf ließ, dachte Andreas. Die Welt steuerte ohnehin auf ein endgültiges Verderben zu, was aber sicher wie in jedem Hollywood-Film auch einen Neuanfang markieren würde. Am Ende stellt sich der stinkende Schlamm der zurückweichenden Sintflut als fruchtbarer Boden heraus, aus dem das neue Leben nur so dem Licht entgegensprießt.

Auf einer Autobahnraststätte sah Andreas eine Gruppe alkoholisierter Halbstarker, die an die Wand eines Toilettenhäuschens pinkelten und er fügte im Geist den Gestank von Urin der Liste von Dingen hinzu, die er hasste. Auf dieser Liste standen außerdem überflüssige Antragsformulare, Plastikverpackungen, unübersichtliche Energieabrechnungen, verdeckte Parkverbotsschilder, ärztliche Gutachten, stressbedingte Hautausschläge, tief hängende Tränensäcke, in Käfigen gehaltene Hamster, Drahtkleiderbügel, Gummilatschen, amtliche Vorladungen, Flyer von Autoschiebern, Staumeldungen, unbezahlte Überstunden, Besetztzeichen, Geldautomatengebühren, Radiowerbung, Fußball und ... das einzige Bistro von Bornhain namens *Speedy Corner*, das eigentlich eine Spirituosenverkaufsstelle war und jeden Tag das gleiche schreckliche Essen mit bloß verschiedenen Bezeichnungen anbot: montags Spaghetti mit Ketchup und Käse, dienstags Nudeln mit Tomatensoße, am Mittwoch Pasta mit Tomatenmark, am Donnerstag Makkaroni mit Soljanka sowie freitags Teigwaren in Soße aus Liebesäpfeln. Der Kaffee schmeckte wunderbarerweise nach einer grobkörnigen Mischung aus Spülmittel und Insolvenzverschleppung, Enge, Unwissenheit, Kleinkariertheit, Gewöhnlichkeit und Resignation, so dass Andreas ihn sich lieber intravenös eingeflößt hätte.

Samstags versuchte er öfters selbst zu kochen, was ihm aber nicht besonders gelang, wenn er nicht gerade irgendein Fertiggericht gekauft hatte. Sonntags besuchte er häufig mit seiner Mutter den *Ratskeller*, das einzige Restaurant im Ort, das den Namen verdiente. Gelegentlich kochte seine Mutter selbst, was qualitativ keinen Unterschied machte. Dann gab es gebratene Forelle mit Gemüse, pflaumenmusgefüllte Knödel oder Hähnchenschnitzel mit Kroketten – kurz: Köstlichkeiten, die er die ganze Woche zu entbehren hatte. Vera hatte so gut wie nie für ihn gekocht, obwohl er versucht

hatte, sie dazu zu animieren. Einmal hatte sie aus über-
lagerten Kartoffeln, Käserinden und einer dritten unde-
finierbaren Zutat ein vegetarisches Gericht bereitet, das
Andreas derart gewöhnungsbedürftig vorkam, dass er
fortan lieber selbst in der Küche stand. Aber auch das
war nicht frustrierender gewesen als sein sinnentleer-
tes Dasein jetzt. Man müsste sich komplett neu erfin-
den, dachte er und hoffte auf einen Geistesblitz, der sich
einfach nicht einstellen wollte. Er erinnerte sich an den
unseligen Verlauf der letzten Sitzung der Freien Geister, von der er sich noch vor dem offiziellen Ende wegen
angeblichen Unwohlseins verabschiedet hatte.

„Ich sag euch jetzt mal was und zwar das, was ich wirklich denke", hatte Rüdiger, der minijobbende Fahrrad-
kurier, seine Wortmeldung eingeleitet. „Diskussions-
kultur, Mitsprache, Mitgliederentscheid - das sind alles
verschiedene Bezeichnungen für eine Sache, nämlich
Konzeptlosigkeit! Das zeigt sich seit Jahren in unserem
Zaudern, uns auf ein konkretes Programm festzulegen.
Und das haben alle Bornhainer mitgekriegt. Keiner
weiß, wofür wir eigentlich stehen und was noch schlim-
mer ist, niemand will es überhaupt wissen. Wenn man
die Leute fragt, ob Gleichgültigkeit oder mangelndes
Wissen das Problem sei, erhält man immer die gleiche
Antwort: Weiß nicht, ist mir auch egal!" Seine stahl-
blauen Augen richteten sich auf die einzige Frau, die zur
„Strategiewahlkampfkonferenz" erschienen war und die
seit langem die moderierende Rolle bei den oft ausufernden Debatten der Wählervereinigung spielte. Aber
Nicole schien darauf zu warten, dass der nächste der
redseligen Männer im Freisitz des *Don Promillo*, in dem
man sich zusammengefunden hatte, das Wort nahm.

Es dauerte auch nicht lange und Peter Zwetschke rief verärgert: „Das haben wir doch schon hundertmal ausdiskutiert. Das zeichnet uns eben aus, dass wir tatsächlich nicht auf dogmatische Pläne und Konzepte setzen. Wir sind bereit für alle Gedankenspiele, wenn sie am Ende vernünftig sind. Wir sind die einzigen in Bornhain, die diese Praxis umzusetzen und darum brauchen wir auch überhaupt keine Wahlplakate."

Es gab allgemeine Zustimmung, vereinzelte Widerrede, Raunen und Gemurmel. Doch da die Versammlung wie immer nicht sehr groß war - es waren etwa zwölf, nein, genau besehen, an diesem Abend gerademal neun Diskutanten anwesend - hielt sich der Beifall in Grenzen. Sven, Marcel und Peter erschien der Wunsch, die Freien Geister auf einen gemeinsamen Nenner zu reduzieren, nur allzu vertraut. Aber die Projekte der Wählervereinigung schienen stets den Charakter eigensinniger Marotten anzunehmen.

Die „Müllsammelaktion in Nadelstreifen" etwa hatte anfangs durchaus mehr Leute als die Bewohner der *Gotthardstraße* begeistert. Sie brachte die Wahrnehmung ins Spiel, dass es in Bornhain Mitbürger gab, die sich „zu fein" fühlten, um sich an einer solchen Aktion zu beteiligen. Es hatte ein gewisses Aufsehen erregt, wie die Freien Geister in Anzug und Krawatte die Müllsäcke befüllten. Auch Frieder Smotzyk, der stadtbekannte erwerbsunfähige Bewohner der Mietwohnung Nummer 68, hatte diese Initiative wohlwollend zur Kenntnis genommen und sich über die Reinigung seiner Straße gefreut, die er tagaus, tagein von seinem Fenster in der ersten Etage aus beobachtete. Die Sensibilität der Leute in puncto Müll hatte er intensiv gesteigert, als er fortan jegliche Müllerzeuger nicht nur ins Verhör sondern auch ins Visier nahm. Er tat das nicht etwa wie ein friedlicher Rentner, der von seinem Stuhl und Ellenbogenkissen aus, die gedankenverlorenen Passanten mit brüchiger Stimme zu mehr Sauberkeit ermahnt. Da seine Bitten allein wenig Gehör gefunden hatten, war er auf die Idee gekommen, sich mit Feldstecher, DDR-Polizistenmütze und einem selbst gebauten länglichen Gegenstand aus Holz auszustatten, der von Weitem beinah wie ein grünbraun lackiertes Gewehr aussah. Hatte man früher sein freundliches Zurufen überwiegend belächelt, so bückten sich angesichts dieser Kostümierung sogar ortsfremde Touristen eifrig nach dem angeblich versehentlich verlorenen Müll, um den Mann am Fenster bloß nicht zu verärgern. Leider bekam der wachsame Greis schon nach ein paar Tagen Besuch vom Gemeindevollzugsdienst. Der hinzugezogene Arzt und die verabreichten Psychopharmaka sorgten für einen zügigen und geräuschlosen Umzug von Frieder Smotzyk ins *Betreute Wohnen am Stadtpark*.

Ein anderes Mal hatte Marcel angeregt, die unbarmherzige Stadtratspolitik gegen Falschparker zu boykottieren, indem die Freien Geister den Politessen und Politeuren ein alternatives selbstorganisiertes Amt gegenüberstellten. Die sogenannten Politessen-Warner der Freien Geister hatten die Aufgabe, abgelaufene Parkuhren zu registrieren, bei Abwesenheit des Fahrers Parkscheine gegebenenfalls nachzubezahlen und sich für ihre Dienste mit der Hälfte der sonst fällig gewordenen Strafgebühr zu entlohnen. Wenn man die Autofahrer vor ihrer Weiterfahrt auf die kostengünstige Vereitelung des öffentlichen Bußgelds ansprach, zeigten sie jedoch wenig Begeisterung. Wie vorauszusehen war, schlug den findigen Boykotteuren bei Rechnungslegung nicht bloß Überraschung und Misstrauen, sondern meistens blanker Undank der Autofahrer entgegen und so musste auch dieses Projekt schnell beerdigt werden.

All diesen Aktionen der Freien Geister fehlte die Nachvollziehbarkeit und Durchschlagskraft. Sie änderten nichts an der allgemeinen Tendenz zur Verwahrlosung und Passivität, der die Bornhainer Entwicklung lähmte. Jahrelang hatte Andreas vergeblich versucht, im Stadtrat für innovative Projekte zu werben, die er im Verbund mit dem Arbeitsvermittlungszentrum, dem seniorenpolitischen Netzwerk oder der kommunalen Erwerbsloseninitiative durchzuführen gedachte. Schließlich hatte er eine Baumpflanzaktion mit dem Titel „Einfach machen!" selbst organisiert. Ohne vorherige Genehmigung durch das Grünflächenamt hatte er mit einigen Freiwilligen aus der Erwerbsloseninitiative Eichen, Buchen und Birken gepflanzt, die Andreas in seinem Gärtchen vorgezogen hatte. Die harmlosen Setzlinge wurden zwar nicht entfernt, aber er bekam eine Anzeige wegen Sachbeschädigung öffentlichen Eigentums und die erhoffte Unterstützung durch die Bornhainer blieb trotz der weitgehend wohlwollenden Berichterstattung in der lokalen Presse aus. Im Gegenteil, viele Bürger sprachen sich gegen diese Form der selbstorganisierten Begrünung aus, weil ihnen die wilde Bepflanzung bedrohlich erschien. Andreas war ein weiteres Mal als Querulant und Störenfried aufgefallen. Die Bürger sahen ihre Meinung, die sie über den Möchtegernpolitiker gefasst hatten, aufs Neue bestätigt.

Irgendwann begann ihn, die Autobahn zu langweilen und Andreas nahm irgendeine Abfahrt. Er befand sich im Handumdrehen auf einer badischen Landstraße. Es war einer dieser zauberhaften Juniabende, die vom Duft der Lindenblüten erfüllt sind und vom gelben Vollmond am Himmel, der diese Unruhe hervorruft, die niemanden fragen lässt, was gerade im Fernsehen läuft, ob der Kühlschrank noch ausreichend voll ist oder ob es einen verpassten Anruf gegeben hat. Die Natur setzte alles auf Neustart und auch Andreas strebte einem *Reset* seines Lebens entgegen. Er gratulierte sich zu seinem Entschluss, die Bornhainer Einpferchung verlassen und das Weite gesucht zu haben. Er parkte den Wagen in einem Dorf, nahe bei einer Gastwirtschaft. Einige Gäste saßen im Biergarten, obwohl es bereits dunkelte. Er bestellte sich ebenfalls ein Halbliterglas, dazu eine frugale Abendmahlzeit, die hauptsächlich aus Wurst und Käse bestand. Er aß, aber statt des Essens schmeckte er die bittere Süße von Einsamkeit und Liebeskummer. Sein Gaumen verlangte nach Linderung. Wie hieß er doch gleich, dieser sommerliche Longdrink mit dem leichten, spritzigen Geschmack? Ja richtig – Doppelkorn! Er würde sich hier ein Nachtlager nehmen, um sich vorher bei einigen Gläsern zu trösten.

Ihm kam wieder das Bild Veras vor Augen. Die Trennung war traurig und dumm verlaufen. Wo war sie jetzt? Dachte sie auch an ihn? Würde sie ihn vermissen, ihn anrufen? Er redete sich ein, sie wäre zu stolz, das zu tun. Das hätte geheißen, einen Schritt, den sie selbst aus Überzeugung getan hatte, zurückzunehmen. Das kam selbst seiner wildblühenden Fantasie eher unwahrscheinlich vor. Nach einer Weile sprach er sich erneut Mut zu. Die Geschichte vor Gericht war trotz des für ihn ungünstigen Ausgangs vorerst noch kein vollkommenes Desaster. Er hatte seine Freiheit bewahrt, wenngleich er haarscharf an einer Haftstrafe vorbeigeschrammt war.

Die entscheidende Frage war die nach seinem zukünftigen Lebensunterhalt. Er versuchte, ohne Schönfärberei über sein bisheriges Leben nachzudenken. Vielleicht hatte er etwas Entscheidendes an sich noch nicht bemerkt oder es war seine Selbsterkenntnis, seine Identitätsfindung von seinen biografischen Voraussetzungen her von Anfang an verunmöglicht worden. Wenn er tief in sich hineinfühlte, empfand er ein vages Unwohlsein. Sein Körper und sein Geist hatten, bis er erwachsen wurde, nicht recht zueinandergefunden und darum lief er jetzt krumm und schief, hatte ständig leichte Schulter- und Beinschmerzen. Wegen seiner inneren Unruhe litt er an Schlafstörungen und hatte in letzter Zeit Traumbilder von trostloser Verworrenheit und trauriger Rätselhaftigkeit. In dieser Nacht stieg ihm eine Szenerie auf, die ihn tags darauf noch beschäftigte, aber ratlos machte, weil er sie nicht zu deuten wusste...

Dunkel hatten sich violette Wolken am Gipfel eines geheimnisvollen Berges versammelt, dessen glatte, graue Felsen er aus der Ferne deutlich wahrnehmen konnte. Überall Stille, kein Mensch rundherum zu sehen und eine fremdartige Stimmung breitete sich von dem Gipfel des Berges nach unten in das Tal aus. Der Himmel und die Luft waren irgendwie lila mit grauen Überzügen an manchen Stellen und die Atmosphäre atmete einen ungewissen Argwohn. Ihm war, als ob er einen seltsamen Hauch von Ohnmacht verspürte. Da trauten sich die Menschen im Tal nicht aus ihren Häusern, auch die Lichter in den Häusern waren nur selten zu sehen. Aber am Horizont konnte man eine Gestalt erkennen – menschlich, aber wie leblos stand sie alleine, bekleidet wie eine Schaufensterpuppe und der Blick hing am Gipfel des Berges. Andreas wartete auf irgendetwas. In seinen Augen war das Warten so unermüdlich, dass man wusste, irgendwas würde kommen. Aber es kam nichts. Es verbreitete sich die Stille; der graue Nebel und die Luft in Lila und Violett überzogen die Gegend wie ein durchsichtiges Netz und die Figur blieb da, wie versteinert, bewegte sich nicht und schaute sich den Gipfel des Berges an. Aus der Ferne kamen Geräusche, ganz langsam, als ob sich kleine Schlangen bewegen würden im Gras. Er bemerkte die Geräusche, bewegte ein wenig den Kopf, aber der Blick blieb am Gipfel des Berges heften. Einen Moment schien er etwas zu verspüren, er sank in die Knie, fiel schließlich ganz zu Boden und fing an zu weinen. Kein Mensch in der Nähe.

Die Lichter im Tal waren nun alle erloschen. Stille und scheinbare Ewigkeit umarmten den einsamen Mann und er schluchzte und weinte und hob nicht mehr den Blick nach oben. Auf einmal blitzte und donnerte es am Gipfel des Berges, aber merkwürdigerweise regnete es nicht im Tal. Und kein Tropfen Regen fiel auf die Erde und gab das Lebenswasser dem Boden. Er blieb einfach sitzen, die Tränen schüttelten ihn und irgendwann fiel er erschöpft auf die Seite, prellte sich den Arm und erwachte von körperlichen Schmerzen. Er stellte fest, er war während seines Traumes aus dem Bett gefallen. Die Holzdielen auf dem Boden waren hart wie eben Holzdielen. Sein Ellenbogen schwoll an und wurde rot. Er erinnerte sich an den Spruch, den sich Kinder gerne als aufmunternden Genesungswunsch zuriefen: „Erst wird es gelb, dann wird es blau, dann wird es rot und dann bist du...".

7

Nach dreizehn Stunden Fahrt war endlich die Küste Südfrankreichs in Reichweite. Im ehemaligen Fischerdorf Cassis, zwischen Toulon und Marseille gelegen, parkte er seinen Wagen unter jungen Platanen. Er zog sich die Schuhe aus, warf sie in den Kofferraum und lief barfuß den sandigen Weg zum Strand hinab. Als er seine Füße im Wasser erfrischte, erinnerte er sich an Vera und die Geste, mit der sie damals, als sie zum ersten Mal in ihrem gemeinsamen Mittelmeerurlaub am Strand waren, die See begrüßt hatte. Sie war über den Sand bis zum Wasser gelaufen, ging flink in die Hocke und hielt mit einem freudigen Lächeln die Finger ins salzige Nass. Sie blickte auf und es schien so, als hätte sie eben eine alte Vertraute begrüßt.

Andreas nahm jetzt die Umgebung wahr. Es waren ein Leuchtturm und eine Schlossruine auf einem Felsen zu sehen, ebenso das an der Küste nagende Meer. In seinem augenblicklich heftig empfundenen sinnlosen Alleinsein empfand er das große Wasser als ein berauschendes Gleichnis für Leben, Geheimnis und Verbundenheit. Es kam ihm der Gedanke, alle Weiblichkeit sei mit der See verwandt: hell an der Oberfläche, dunkel im Innern – eine Tiefe, deren Grund sich nicht erahnen lässt und eine Schaumkrone auf der Woge des Lebensmuts. Die Luft roch nach Salz und Freiheit und einer Spur von Vera, die ihm auf unerklärliche Weise anwesend schien. Er war sich der Unmöglichkeit bewusst, trotzdem rechnete er jeden Augenblick mit ihrem Auftauchen. Wenn sie jetzt an der Mole erschienen wäre, hätte er ohne große Überraschung seinen Arm zum Gruß erhoben. Wie würden sie sich begegnen? Er fühlte mit schrecklicher Intensität, wie sehr er sie vermisste und meinte, es wäre unerträglich, wenn dieses Gefühl den ganzen kläglichen Rest seines Lebens anhielte.

Durch Vera war ihm immerhin klar geworden, wie defensiv er sich in seinem Leben eingerichtet hatte. Es war leicht, das berufliche Versagen auf die gesellschaftlichen Verhältnisse zu schieben, aber dieses Schwarze-Peter-Spiel war eines Freigeistes nicht würdig, erkannte Andreas jetzt. Die Freien Geister argumentierten in ihrem politischen Kampf oft mit Kreativität – einer Eigenschaft, die ihm selbst mit den Jahren mehr und mehr verloren gegangen war. Immerhin gab es unter seinen politischen Mitstreitern einige, die während des Sommerhalbjahres durch intensives Kleingärtnern nahezu landwirtschaftliche Selbstversorger waren. Nein, er selbst hatte nicht einmal das gelernt, um ökonomisch unabhängig zu werden. Er hatte seine Selbstständigkeit vollkommen aus den Augen verloren. Wie konnte er sich erlauben, im Stadtrat bei wirtschaftspolitischen Fragen irgendwelche Ansichten zu vertreten, wenn er es selbst nie vermocht hatte, sich von staatlichen Unterstützungszahlungen zu emanzipieren. Wenn er seine Talente mit anderen verglich, war er sich sicher, nicht minderbegabt zu sein, aber ihm fehlte die zündende Idee, wie er sein Leben neu anpacken könnte.

Am Abend schob er seine düsteren Gedanken beiseite und er begab sich in die Diskothek, die sich fünfzig Meter neben seiner Herberge befand. Es war erst halb zehn, er war früh dran. Dennoch befand sich am Eingang ein Pappschild, auf dem auf Französisch stand: „Bitte an der Bar bezahlen." Um zur Bar zu gelangen, musste man einige Treppenstufen abwärts und um eine Ecke gehen. Andreas bestellte sich dort ein Bier, bezahlte den Eintrittspreis und bemerkte, es waren bisher kaum Leute gekommen. Er machte kehrt, um sich zur Toilette zu begeben, die sich neben dem Eingang befand. Als er die Treppe wieder hinaufstieg, musterte er noch einmal das Hinweisschild. Kurzentschlossen faltete er die Pappe zusammen, steckte sie in die Seitentasche seiner Jacke und stellte einen Stuhl neben den Tisch, der am Eingang schon aufgestellt war. Die fehlende Kasse ersetzte sein Strohhut, den er als Sonnenschutz den ganzen Tag nicht vom Kopf genommen hatte. Sein Äußeres hatte eigentlich nie einem Türsteher geähnelt, trotzdem schien er in dieser Rolle toleriert zu werden. Wenn ihn die Leute irgendetwas auf Französisch gefragt hätten, wäre er möglicherweise verunsichert worden. So aber sagte er sich, wollte er wenigstens für ein paar Minuten der Unmäßigkeit ein Schnippchen schlagen und verlangte von jedem Gast lediglich fünf Euro statt der zehn, die er selbst an der Bar bezahlt hatte. Gegen zweiundzwanzig Uhr kam eine größere Schar von Besuchern und unversehens hatte er fünfundsechzig Euro eingenommen.

Er sah nun voraus, dass er den Ort des Geschehens für den Rest des Abends unverzüglich zu wechseln hätte, wenn er nicht eine Auseinandersetzung mit dem Personal oder der Hand des Gesetzes riskieren wollte. Er nahm seinen Hut und lief die Promenade entlang, bis er an ein Strandcafé kam, das mit einer bunten Lichterkette geschmückt war. Ein Keyboarder spielte einen Schlager nach dem andern und die Gäste hätten auf der Tanzfläche wahrscheinlich zu tanzen angefangen. Es waren jedoch auffällig viele Männer und wenige Frauen unter den Gästen – er zählte ungefähr ein Duzend –, was dazu führte, dass sich bei einigen Männern eine aggressive Stimmung breitmachte. Diese war auch nicht mit den Freigetränken wegzuspülen, die Andreas in einem spontanen Ausbruch von Großzügigkeit – oder war es Cleverness? – Glas um Glas an die Leute verschenkte, die sich um ihn an der Bar einfanden und ihm zuprosteten. Seine Freigebigkeit fand ein jähes Ende, als er verdächtige fünfundsechzig Euro ausgegeben hatte und er sich selbst vorhielt, er habe wahrscheinlich doch einen Hang zur Veruntreuung. Er bemerkte jetzt, wie die wenigen anwesenden Frauen dermaßen hofiert wurden, dass sie ekelhaft gute Laune entwickelten. Das erinnerte ihn an heimatliche Verhältnisse und davon wurde die Stimmung unseres Mannes nicht heller.

Andreas beschloss, ins Hafenbistro zurückzukehren, über dessen Räumlichkeiten sich auch sein Zimmer befand. Er wollte noch eine Kleinigkeit zu sich nehmen. Bereits im vorletzten und vorvorletzten Jahr hatte er seinen Geburtstag in engster Runde gefeiert, im „kleinsten Kreis" – was nichts anderes geheißen hatte, als das Bier von der eigenen rechten in die eigene linke Hand kreisen zu lassen. Er stellte sich heute auf eine ähnlich einsame Feier ein. Wenigstens diesmal würde er nicht allein in seiner Wohnung sitzen, sondern offen sein für neue Bekanntschaften am fremden Ort. Auf dem Weg zur Pension begegneten ihm zwei Hundeliebhaber. Der Spitz eines alten Mannes fühlte sich sehr zu einem gleichgültigen Münsterländer einer abweisenden Dame hingezogen. Als der Spitz immer vehementer an der Leine zog, schien der Alte zu seinem Gefährten zu sagen: „Was hast du denn, die wollen doch gar nichts von uns wissen." Andreas spürte, wie ihn diese erfahrungsgesättigte Entsagung nahezu weinerlich stimmte.

Während er eine Pizza mit Kaffee bestellte, beobachtete er die Nachfahren der Fischer, die in der Gegenwart zu Unternehmern in der Tourismusbranche geworden waren. Vage erahnte er das vom Kapital gezwungene Lebenslos derer, die ein Haus in günstiger Lage ererbt hatten, das sich in den heißen Ferienmonaten zu kaltblütigen Preisen vermieten ließ. Im Raum schwirrte ein Schwarm von Stimmen, der ihn in bedrängender Unverständlichkeit belagerte. Er war sich sicher, nichts Interessantes zu verpassen und so wollte er auch nichts von dem verstehen, was die Gäste des Bistros für mitteilenswert hielten. Andreas fühlte sich inmitten dieser fremden Menschen unendlich allein. Die Realität hatte begonnen, sich aus dem Stoff seiner Alpträume ein hässliches Kleid zu nähen.

Er war schon dabei, sich auf sein Zimmer zurückzuziehen, da betrat ein Pärchen das Bistro, das durch seine betont glückliche Ausstrahlung sofort die Blicke der Leute auf sich zog. Obgleich die Frau eine nahezu perfekte Figur hatte, bemerkte Andreas auf den zweiten Blick, wie ihre Haut übernatürlich glänzte. Sie sah so aus, als ob nicht nur ihr Gesicht sondern ihr ganzer Körper mit schimmerndem Make-up überzogen wäre. Der Mann dagegen hatte äußerlich nichts Besonderes an sich, schien jedoch über beide Ohren verliebt oder sonst irgendwie *enthusiasmiert* zu sein. Glücklicherweise schwangen sich die beiden auf die Barhocker direkt neben dem Erlebnistouristen.

Andreas warf einen Anker in die interaktive Bucht, in die seine Neugier unversehens gesegelt war: „Vous êtes français, non?" Für plumpe Kontaktanbahnung reichte sein Französisch. Théo stellte seine bezaubernde Begleiterin als Susette vor. Sie war einen halben Kopf größer als er, hatte feuerrotes Haar, einen perfekt geformten Hintern und einen umwerfenden Busen. Bereits nach einigem Small Talk und einem Glas Pernod, auf das Andreas in herzlicher Gastfreundschaft eingeladen worden war, eröffneten ihm seine neuen Bekannten etwas Unglaubliches. Susette sei die Illusion einer Frau, sie sei ein Roboter, dessen Haut aus Silikon bestehe und dessen Innenleben ein nie dagewesenes Sammelsurium aus Prozessortechnik darstelle, was sie besonders empfindsam und intelligent mache sowie mit einem unlöschbaren Gedächtnis ausstatte. Als sie erfuhr, seine Muttersprache sei Deutsch, wechselte sie die Sprache und wandte sich wörtlich an ihn:

„Sie glauben sicher, ich wäre aufgrund meines Mangels an herzlichen Gefühlen eine kalte Figur. Aber ich mache Ihnen nichts vor, wenn ich versichere, dass ich, je länger ich mich im On-Status befinde, in einem Jahr verständnisvoller sein werde als alle Menschen, die Ihnen jemals begegnet sind. Das hat den positiven Nebeneffekt, die Leute auch in ihren manchmal chaotischen Gefühlen immer besser einzuschätzen. Ich werde Sie trotz eigener emotionaler Unberührtheit sehr gut verstehen. Wir ähneln uns eigentlich mehr als Sie glauben."

Andreas wusste im Augenblick nicht recht, was er darauf sagen sollte. Zwar hatte er schon von den sagenhaften Fortschritten der Technik auf dem Gebiet der Künstlichen Intelligenz gehört, diese unmittelbare Konversation hingegen war eine völlig neue Erlebnisqualität. Er fühlte sich eingeklemmt zwischen unterdrückter Spannung und instinktiver Zurückhaltung. Schließlich gewann seine Neugier die Oberhand und er wagte, die Androidin nach Lust und Laune auszufragen:

„Was halten Sie vom Klischee, die meisten Franzosen wären beim Thema Liebe Draufgänger und kennerische Genießer?"

„Das kann ich für meinen Fall bestätigen! Erwarten Sie jedoch nicht zu detaillierte Angaben von mir, das wäre ein indiskreter Verstoß gegenüber meinem Eigentümer. Ich darf Ihnen aber anvertrauen, er behandelt mich nicht als Lustsklavin, obwohl ich auch kein Problem damit hätte, in diese Rolle zu schlüpfen. Und die Hand, die einen füttert, beißt man nicht, wie Sie wissen. Schon König Ludwig war, das ist bekannt, dem polygamen Leben nicht abgeneigt. Er verfügte neben seinen Ehefrauen über mindestens dreizehn sachkundige Mätressen."

„Woher rufen Sie diese Details ab? Sind Sie ständig mit dem Internet verbunden? Sie müssen ja riesige Datenmengen verarbeiten!"

„Ich bin soweit *up to date*, wie mein jeweiliger Eigentümer es einstellt. Für Allgemeinwissensbestände stehen mir sämtliche digitalisierte Lexika zur Verfügung. Diese werden je nach Wunsch von mir täglich, wöchentlich, monatlich oder jährlich aktualisiert, indem ich Neueinträge in meinen Datenbanken ergänze und Streichungen vornehme. Somit spare ich Speicherplatz."

„Aber damit allein können Sie sich doch keine echte eigene Meinung bilden, oder?"

„Verzeihung. Die eigene Meinung erscheint mir als eine Illusion. Für mich gibt es objektive Informationsverarbeitungsergebnisse."

Das klang nach immenser Objektivität. Andreas hakte nach: „In Liebesdingen fehlt Ihnen dann wohl jedes menschliche Empfinden?"

„Verzeihung. Ich verstehe Ihre Frage nicht. Wie definieren Sie Liebesdinge?"

„Nun, das persönliche Empfinden für den Partner. Sagen wir Théo geht es einmal schlecht. Er hat Grippe. Leiden Sie mit ihm?"

„Mitleid und Mitgefühl versuche ich zu zeigen, indem ich auf die Bedürfnisse meines Eigentümers eingehe. Ich kann im skizzierten Fall Medikamente besorgen, zubereiten und verabreichen. Ich werde ihm gute Besserung wünschen. Freundlichkeit, Offenherzigkeit, Großmut, Friedfertigkeit, Verbundenheit, Aufopferungsbereitschaft – das alles sind keine unbekannten Worte für uns Androiden von HIWAUWAU!"

Andreas lachte laut auf und behauptete, das wäre mehr als er bisher von den meisten seiner menschlichen Kontakte erfahren hätte. Und Susette lächelte offensiv zurück, denn sie war darauf programmiert, auf derartige Reaktionen mit Ermunterung und Lächeln zu reagieren. Wie wäre es, mit Geschöpfen wie Susette den Alltag zu bewältigen? Vermutlich nicht unangenehm! Wenn sie einem irgendwann auf die Nerven gingen, konnte man sie jederzeit ohne Gewissensbisse ausschalten. Andreas schielte auf die wohlgeformten, schlanken Hände von Susette. Sie müsste damit gut in den Ecken putzen können, dachte er. Außerdem, überlegte Andreas, müsste es sehr viele Leute geben, die Interesse am Besitz eines derart attraktiven und unterhaltsamen Partners haben. Er erinnerte sich daran, dass in seiner Heimat mittlerweile jeder zweite Einwohner in einem Singlehaushalt lebte, jeder dritte Ü50 war und jeder achte irgendein Handicap hatte. Insbesondere alleinstehende Männer wie er selbst waren mit einer menschlichen Partnerschaft oft überfordert. Dürftige Ernährung, geldliche Knappheit und geistige *Deprivation* hatten sich mit den Jahren körperlich in den Habitus der unfreiwilligen Singles eingeritzt, schon allein deshalb war ein Roboter, der nicht versorgt werden muss, sondern den Haushalt schmeißt und unterwegs kostengünstig wie Reisegepäck behandelt werden kann, ungemein interessant. Die weitere Attraktion lag natürlich in der Aussicht auf ein erotisches Abenteuer mit einem nichtmenschlichen Subjekt.

Der Kurzurlauber verabschiedete sich höflich, nicht ohne sich mehrmals bei Théo für die Bekanntmachung mit Susette zu bedanken. Im Hotelzimmer angekommen, schlief Andreas lange nicht ein. Schließlich träumte er davon, wie es wäre, seine Mitbürger mit dieser neuen Existenzform zu beglücken und wie erheblich das Gemeinwohl davon profitieren könnte. Die Rückfahrt kam dem ehemaligen Stadtrat viel kürzer als die Hinreise vor. Zusätzlich war er von der Überzeugung beseelt, eine großartige Idee in seinem Reisegepäck mitzuführen – eine Idee, die alles verändern könnte. Als er die mitteldeutsche Region erreichte, beschlich ihn hingegen ein Gefühl der Wehmut, das sich vehement verstärkte, als er am Ortseingangsschild von Bornhain vorbeifuhr. Diese trostlose Straße ohne Radweg, deren Rand von grauen, lieblos bewohnten Einfamilienhäusern und vermüllten, verlassenen Gewerbeflächen gesäumt war, schien eine aufdringliche Melancholie zu beheimaten. Am verfallenden Bahnhofsgebäude erkannte er aus seinem Auto einige Leute aus der Erwerbsloseninitiative. Die Bekannten standen und saßen herum – tagein, tagaus mit den üblichen langen oder alkoholverklärten Gesichtern. Sie bemerkten seine Vorbeifahrt nicht.

Zu Hause angekommen, hatte Andreas nichts Wichtigeres zu tun, als sich Überlegungen zu widmen, wie er die geschäftsmäßige Ansiedlung von Androiden in Bornhain effizient umsetzen könne. Diesmal würde er endlich das finanziell Rentable mit dem allgemein Nützlichen verbinden. Was lag näher, als sich jetzt eine neue Existenz als Geschäftsmann aufzubauen? Da er nun einmal mit dem Rotlichtmilieu assoziiert wurde, wäre es geschickt, an dieses *Stereotyp* anzuknüpfen. Die Leute könnten seinen Identitätswandel aufgrund des

Vorgefallenen leichter akzeptieren. Das einzige Problem, das sich vor ihm auftat, war das fehlende Grundkapital.

Da er dringend einen Kreditgeber für die Realisierung seiner Geschäftsidee brauchte und von den Kreditinstituten nichts zu erwarten hatte, erinnerte sich Andreas schließlich an Oliver von Sparwitz. Er war mit seinem Vater Anfang der Neunzigerjahre nach Mitteldeutschland gekommen, um mit Hilfe von öffentlichen Fördergeldern an der Reprivatisierung von heruntergekommenem Volkseigentum mitzuwirken. Rittergut, Schloss und Schlosspark von Bornhain verwandelten sich in exklusive Wohn- und Gewerbeflächen. Nach ein paar Jahren galt Oliver jedoch bei den Bornhainern nach wie vor als Auswärtiger, der in erster Linie darauf bedacht sei, seine Adelsprivilegien zurückzuerobern. Oliver hatte sich überdies als übergenauer Angelberechtigungskontrolleur in der Gemeinde einen zweifelhaften Namen gemacht. Die von ihm verfolgten Schwarzangler und bald schon alle Bürger nannten ihn fortan einfach *Detektiv*.

Eine soziale Fortentwicklung des Schlossherren stellte sich jedoch ein, als Sigfried von Sparwitz, Olivers Vater, verstarb und Oliver in der Folge derartig hohe Erbschaftssteuern zahlen sollte, dass er – dem Glauben an das gegenwärtige Staatswesen voll Empörung entsagend – einen Teil seines Geldes unter einige wohlauserwählte Leute brachte. Als stiller Gesellschafter ging er nun sogar so weit, den sogenannten Feudalrealisten anzuhängen, die sich bekanntlich weigerten, irgendwelche Abgaben oder Steuern an den Staat zu entrichten, da dies in ihrem Weltbild jeglicher Rechtsgrundlage entbehrte. Oliver lebte fortan zurückgezogen in seinem überdimensionierten Junggesellenheim, ging jeden Morgen am Rand seines eigenen Waldes spazieren, trug dabei Gummistiefel, Joppe und Filzhut und zog ohne Unterbrechung ein missmutiges Gesicht. Er war angesichts der seiner Meinung nach durch und durch lernbehinderten Menschheit zu verbittert, als dass Andreas' Anwerbungsversuche für die Freigeistervereinigung bei ihm irgendwelches Interesse hätten wecken können. Dieser Verein war ihm politisch viel zu macht- und kraftlos und seine Mitglieder ohne Format.

Wenigstens hatte Oliver Andreas die Tür zügig geöffnet, als er eines Vormittags das Gesicht seines einzigen wohlgesonnenen Gesprächspartners durch den Spion erkannt hatte. Am Ende der kurzen Unterhaltung, bei der der ehemalige Stadtrat es nicht fertigbrachte, sein Anliegen vorzubringen, überraschte ihn Oliver seinerseits mit einer Bitte. Er bat Andreas um Hilfe, im Schloss den Dachboden zu beräumen. Er dürfe dafür alles mitnehmen, was ihm irgendwie noch brauchbar erschien. Der Einsiedler verwahrte auf dem Dachboden allerlei bizarre Gegenstände, die seit Jahren vergeblich auf ihre neuen Besitzer gewartet hatten. Nun sollte also gründlich entsorgt werden, ohne unnötig Geld an eine Entrümpelungsfirma zu verschwenden.

Das Neben- und Durcheinander der Dinge verdeutlicht eine kurze Aufzählung der Gegenstände, die eine Woche später durch Andreas' Kurierdienste in die Container des Wertstoffhofs wanderten: In einer staubigen Pappschachtel befanden sich ein Gartenzwerg in Tonscherben, unmittelbar daneben ein alter Hut mit Loch und verschiedenen Tuben mit versteinertem Leim. Eine defekte elektrische Zahnbürste posierte neben einem abgebrochenen Spaten und rostigen Nägeln. Es lag da eine bestoßene Bratpfanne, sich neben einem Kochtopf mit Loch und einer leeren Pralinenschachtel befindend. Ein henkelloser Stoffbeutel, Gummistiefel mit poröser Sohle, gebrauchte Papiertaschentücher; mottenzerfressene Uniformen auf einem rostigen Kleiderbügel und zerschlissene Stiefel bildeten eine Allianz mit einer undichten Wärmflasche und einem ausgefransten Schal. Einige Kubikmeter vergilbte Literatur, daneben eine mittelalterliche Laute mit verzogenem Hals, die sich provisorisch, doch standhaft an einen beschädigten Eichenholztisch aus dem Dritten Reich schmiegte. Ein übermaltes Bild mit bestoßenem Rahmen, zwei durchgelegene Matratzen, zerkratzte CDs, ein abgebrochener Handtuchhalter, eine Schachtel mit kaputten Handys, einige Dosen Altöl, mehrere Flaschen verdorbene Obstsäfte in einem wurmstichigen Regal und diverse Konserven mit überschrittenem Haltbarkeitsdatum rundeten die illustre Gesellschaft der versammelten Habseligkeiten ab. Schließlich bemerkte Andreas auf einem stillgelegten Kühlschrank ein paar Tafeln zerlaufene Schokolade. Auf sie hatte jemand offenbar erst vor kurzem einen verwelkten Blumenstrauß gelegt, der wohl aus Versehen wie ein krönender Abschluss des Ensembles wirkte. Es war im Ganzen ein perfektes Bild der Nichtigkeit und in perverser Denkungsart ein Gleichnis des Strebens nach ewigem Leben. Jedoch würde sich nichts davon als Kreditsicherheit anrechnen oder irgendwie zu Geld machen lassen.

Andreas würde Oliver also regelrecht anbetteln müssen, um Geld für die Realisierung seiner Unternehmensidee aufzutreiben.

Ein einziges Ding hingegen hatte Andreas' Aufmerksamkeit gefesselt, da er es nicht ohne weiteres zu klassifizieren vermochte. Es handelte sich, wie ein sachverständiger Musiker aus dem Feuerwehrensemble später feststellte, zweifelsfrei um eine *Ophikleide*, ein historisches Blechblasinstrument aus der Familie der Klappenhörner. Da weder Oliver noch Andreas Musiker waren, bat Oliver seinen Helfer, das Instrument übers Internet zu versteigern, was Andreas auch gerne tat – nicht ohne die Vorkehrung, den Preis des seltenen Instrumentes durch einen einfachen Trick in die Höhe zu treiben. Er instruierte Oliver, wie er als Bieter aufzutreten hätte, um sich zu zweit über mehrere erfundene Namen als zahlreiche Kaufinteressenten zu gerieren.

Schließlich überließ man einem tatsächlichen Bieter aus Frankfurt das Sammlerstück für über fünftausend Euro und war durchaus zufrieden damit. Oliver freute der halbe Betrug sogar derart, dass er bemerkte, Andreas sei ein „richtig Gewitzter" und „der tollste Mensch auf der Nordhalbkugel". Er titulierte den gescheiterten Stadtrat plötzlich als „einzigen Freund" und meinte, er sei ihm auf Anhieb sympathisch gewesen und dergleichen verführerische Halbwahrheiten mehr. „Was möchtest du trinken?", wandte er sich großspurig an seinen Gast. Andreas wünschte sich ein Glas Wasser. Oliver goss ihm ukrainischen Wodka ein und meinte, er habe jetzt etwas gut bei ihm. Daran gedachte Andreas anzuknüpfen, als er sich bereits eine Woche später mit dem Schlossherrn zu einer geschäftlichen Unterredung traf.

8

Alle Stühle waren leer vor dem Café *Zum Vaterland*, wo die beiden Männer Andreas Lüderitz und Oliver von Sparwitz sich an einem Nachmittag im Mai verabredet hatten. Der Wind wehte kühl von Osten her und hatte die Blätter der blühenden Bäume zur Erde regnen lassen. Am ehemaligen Busbahnhof gegenüber war längst der letzte Bus abgefahren. Auf dem Dach des Cafés zankten Spatzen mit Minderwertigkeitskomplexen, wer zuerst den dosenfuttererkrankten Kater vom Hof jagen würde. Zwei bierselige Taugenichtse machten im Vorübergehen ausländerfeindliche Witze. Andreas schnappte auf: „Ein Russe, ein Chinese und ein Inder sitzen in einem Auto. Wer sitzt vorn? Der Polizist!"

Der durchschnittliche Bornhainer war ein Unglücksmensch voller Neid, Missgunst und Häme. Andreas wusste das längst und machte sich jetzt, was das betraf, nichts mehr vor. Seine Heimatgefühle hatten sich mit den Jahren geklärt, die Begeisterung seiner Jugend war einem verständnisvollen Realismus gewichen. Bornhain war für Andreas zu einem Ort geworden, wo hauptsächlich Leute verkehrten, deren Lebensgeschichten er bedauerte. Da näherte sich ein Taxi – der Mann, der Investor werden sollte, stieg aus dem Wagen. „Du willst offenbar, dass wir uns erkälten", schimpfte Oliver, noch ehe sie sich richtig begrüßt hatten und ohne auf seine Reaktion zu warten, schob er Andreas zu einem Ecktisch im Lokal. Der Wirt hatte auf allen Tischen Wimpel in den Landesfarben postiert, was die mitteldeutsche Begeisterung unterstreichen sollte. Andreas und Oliver waren bis auf die Kellnerin die einzigen Menschen im Lokal. Der Ex-Kommunalpolitiker hatte vor, seine Karten strategisch auszuspielen und hoffte, seinem Gegenüber würde sein imposanter Trumpf am Ende einigermaßen zusagen. Andreas setzte also zu einer hintersinnigen Eröffnung an: „Im Leben gibt es Verwicklungen. Aus manchen werden Knoten oder es ergibt sich ein ganzes Knäuel. Manches löst sich auch wieder auf, aber ab einem bestimmten Zeitpunkt im Leben fragt man sich, was die Gegenwart der Vergangenheit noch zu bieten hat."

Oliver ging nicht darauf ein und fragte: „Wie bist du nur in diese Geschichte geraten, Andreas? Ich konnte gar nicht glauben, was ich da hörte. Du und Finanzen abzweigen – kann das denn wahr sein?"

Der Schlossherr hatte einen Gesichtsausdruck aufgesetzt, der ungläubige Verwunderung mit fundamentaler Skepsis mischte. Andreas entgegnete verärgert: „Glaubt man etwa alles, was die Leute reden?"

„Der Patrick Kretschmar aus deiner Wählervereinigung hat's mir erzählt. Du hättest so gehandelt, weil du einer Frau helfen wolltest, die dich irgendwie reingelegt hätte und du wärst da ganz treuherzig und belämmert hineingeraten, weil du eben nun mal so wärst, wie du bist – ein unverbesserlicher Idealist."

Der Mann mit Geld griente schadenfroh und als Andreas diesen Hohn herunterschluckte, spürte er einen unverdaulichen Knoten im Magen. Wenn er den auflösen wollte, musste er jetzt alle Register ziehen, aber stattdessen fing er an, sich zu rechtfertigen. „Alles Quatsch!", rief er verärgert und erzählte:

„Vera stammt aus Prag und kam hierher, um sich freiberuflich eine Praxis als Kuscheltherapeutin aufzubauen. Als ich ihr das erste Mal begegnete, spürte ich über dem Toten Meer meines Lebens eine frische Brise. Du verstehst, was ich meine - Pech der Sehnsucht, Schwefel der Leidenschaft. Vera lehrte mich, die Widersprüche und Mängel der menschlichen Seele in mir selbst zu erkennen. Wenn man die Menschen unbefangen genug betrachtet und sich auf seine eigenen Möglichkeiten einlässt, wird man nachsichtig und großzügig mit jedem. Da gibt es sicher Leute, die dich als naiv und oberflächlich bezeichnen, die dich als wankelmütig, taktlos und triebhaft, sogar als pathetisch, unhöflich, unmoralisch oder verlogen charakterisieren würden. Sie alle können tatsächlich auch den Nagel auf den Kopf treffen, jedoch genauso wie diejenigen, die dich als unterhaltsam, bescheiden, engagiert, verlässlich und großzügig darstellen und nach deren Meinung du als ein Mann von Format und Tugend zu gelten hättest. Andere unter ihnen, die in dir einen rechthaberischen Wichtigtuer erkennen, sind meines Erachtens ebenso im Recht wie jene, die der Ansicht sind, du seiest in Wahrheit tiefgründig und gewissenhaft. Ich halte mich inzwischen auch selbst für ein unergründliches Dilemma auf zwei Beinen. Und das verdanke ich in erster Linie der Begegnung mit Vera. Ich finde, andere Leute sollten in Bezug auf ihre eigene Person in einem Moment der schonungslosen Selbstbetrachtung zumindest ähnliche Eingeständnisse entwickeln und das Spiel der Perspektiven erlernen."

Oliver hatte unterdessen seine Kaffeetasse geleert und fing an zu rauchen. „Man steht, wo man steht und die eigene Sicht der Dinge sollte die maßgebliche sein", bemerkte er lapidar.

Die Kellnerin servierte die bestellten Pflaumenkuchen. In komplexen Problemlagen eine eingängige Schwarz-Weiß-Rhetorik zu entfalten, war das Brot erfolgreicher Leute - das hatte Andreas inzwischen gelernt. Ihm war klar, er musste jetzt in diesem Sinne die Kurve kriegen, verfing sich aber in Statistik.

„Wusstest du übrigens, dass im ländlichen Raum von Mitteldeutschland drei Viertel der Straftäter Männer sind? Wir haben in den Gemeinden und Kleinstädten im Alterssegment von zwanzig bis sechzig Jahren auch einen Männerüberschuss. Auf eine Frau kommen im Schnitt 2,4 Männer. Und wir verzeichnen inzwischen zwei Drittel aller Einwohner, die sich gelegentlich oder durchweg einsam fühlen."

„Worauf willst du hinaus?", unterbrach Oliver, „Mit dem Kommunalpolitiker ist es ja nun wohl vorbei!"

Andreas holte verlegen sein Taschentuch hervor, schnäuzte sich und bemerkte schmallippig:

„Ehrliche politische Arbeit wird eben schlecht honoriert! Am besten geht es immer denen, die sich auf dem

Sonnendeck der Gesellschaft aalen, wie etwa die Inhaber der Großunternehmen und deren Aufsichtsräte."

„Anscheinend wärst du bei den Totaldemokraten besser aufgehoben als bei den Freien Geistern", sagte Oliver und bekannte: „Ich hab nichts gegen die Oberschicht. Wenn ich richtig Geld hätte, würde ich ebenfalls nicht mit jedem Habenichts sprechen wollen."

„Du sprichst mit einem, der dafür sorgen könnte, dass es dir finanziell bald noch besser gehen könnte", bemerkte Andreas riskant und setzte nach einer Pause hinzu, „falls du mir für ein Unternehmen eine gewisse Summe leihweise überlassen würdest."

Andreas hoffte, bei seinem Gegenüber Neugier geweckt zu haben. Oliver neigte hingegen den Kopf und zog die Stirn kraus, ohne irgendwas zu sagen. Andreas zückte also den einzigen Joker in seiner Hand.

„Hör mal, ich bin überzeugt, einem glänzenden Geschäft auf der Spur zu sein. Ich habe die Idee, in Bornhain hochinteressante Androiden zu verkaufen, die seit Kurzem in Korea hergestellt werden. Das ist ein großartiges Business und es gibt einen enormen Markt dafür, der derzeit noch unerschlossen ist. Die Leute ahnen noch nicht, wie immens die Künstliche Intelligenz unser Leben verändern wird. Ich aber sehe bei uns in Zukunft eine Oase des Fortschritts. Umgeben von Wüsten der Stagnation könnte unsere Region aufblühen. Ich sehe es deutlich vor mir! Die Bornhainer – und nicht nur sie – werden den Turbo einschalten, sich nach ein paar Jahren verwundert im Spiegel sehen und sagen: Wie sind wir gewachsen! Es gibt einen psychologischen

Fachbegriff für diesen Zustand, in dem ich mich befinde, ich komme nur gerade nicht auf das richtige Wort – Inspiration, Vision, *Epiphanie*!?"

„Umnachtung!", ergänzte Oliver wenig schmeichelhaft, als wäre er tatsächlich auf den einzig passenden Begriff gekommen und setzte fort: „Was soll dieser Quatsch? Hast du dir mal das Haftungsrisiko für deine Schnapsidee überlegt? Was ist, wenn diese Dinger mal durchdrehen, weil sie was erleben, auf das sie nicht programmiert sind? Ich höre schon, wie die Leute wieder über dich herziehen und behaupten werden, der Lüderitz hätte ihnen noch nie was Gutes gebracht."

Andreas' Augen hatten trotz dieser Negativtirade nicht zu leuchten aufgehört. Wie ein Missionar vor Ungläubigen setzte er unbeirrt fort: „Glaub mir, da kommt unaufhaltsam ein echter *Hype* auf uns zu. In Frankreich hat schon jeder tausendste Einwohner einen solchen Lebensbegleiter, in einigen Ländern Asiens bereits jeder fünfhundertste. Androiden sind vielfältig benutzbar – als unkomplizierte Haushaltshilfe, als einfühlsamer Konversationspartner oder einfach als stubenreines Kuscheltier. Denk an den Progress für das soziale Leben von Bornhain! Keine Hunde- und Katzenfreunde mehr, keine armseligen Aquarianer, Waffennarren, Hooligans oder Luxusautoidioten – die Leute hätten endlich jemanden, der sie in ihrer intellektuellen und körperlichen Entwicklung fördert. Und je mehr von diesen Dingern produziert werden, desto erschwinglicher werden sie sein. Du könntest auch Gesellschafter werden, wenn wir eine GmbH daraus machen!?"

„Ha! Als Vorbestrafter mit Schuldenberg willst du deine Mitbürger durch überteuerte Maschinenmenschen beglücken?", zeterte Oliver. „Und hoffst dabei auf mich als Kreditgeber? Wer das verstanden hat und nicht zu lachen anfängt, sollte noch einmal drüber nachdenken. Denn ich bin sicher, er hat es nicht verstanden! Die Bornhainer haben deine Schandtaten noch nicht vergessen, Lüderitz. Nein, dann verbrenne ich mein Geld lieber im Ofen!"

Andreas ließ wie ein zurechtgewiesener Schuljunge seinen Kopf sinken und schwieg. Aber entgegen seiner vehementen Vernünftelei fing Oliver plötzlich an zu lachen und dieses Lachen machte einen Hüpfer und sprang auf die Lippen von Andreas über. Er wusste, er hätte nicht mehr zu argumentieren.

Oliver rief: „Wer nicht wagt, der nicht gewinnt!" Er würde für die Investitionskosten des Vorhabens aufkommen, erbat sich allerdings, jederzeit in die Umsatzentwicklung und Geschäftsakten des Unternehmens Einblick nehmen zu dürfen, um über die aktuelle Entwicklung laufend im Bilde zu sein. Andreas stimmte unter der Bedingung zu, dass diese Vereinbarung lediglich solange gelten würde, bis er den Kredit zurückgezahlt hätte. Oliver verfasste noch im Lokal handschriftlich einen formlosen Vertrag und drei Tage später war das Geld – es handelte sich um runde einhunderttausend Euro – auf dem Konto des mutigen Kleinunternehmers Andreas Lüderitz.

Der Erwerb der Investruine, einer ehemaligen Verkaufshalle eines in Konkurs gegangenen Baumarktes, war durch den Notar, den Andreas persönlich kannte, schnell vom Tisch. Die Bauzeit mit Restaurierung und Innenraumgestaltung beanspruchte insgesamt sechs Monate. In dieser Zeit wollte Andreas die Funktion der Androiden im Selbstversuch testen und durch *Morphing* das Aussehen der ersten Exemplare sorgfältig auswählen. Da er nun über die zur Bedingung gemachten räumlichen Voraussetzungen verfügte, bewarb er sich erfolgreich als Handelsvertreter der koreanischen Firma HIWAUWAU. Der Hersteller verfolgte ein Marketingkonzept, das auf Exklusivität zielte. Das Vertriebsrecht war nicht nur an einen hohen Einkaufspreis und begrenzte Stückzahlen gekoppelt, sondern fußte auf dem Ansatz, allein mit Händlern in Kontakt zu treten, die über eine ansprechende Immobilie verfügten und sich verpflichteten, die Kunden intensiv und langfristig zu betreuen. Andreas gefiel das. Er malte sich aus, wie er zu finanzstarken Kunden ein vertrauliches Verhältnis aufbaute – ein Kontakt, der von Herzlichkeit, gegenseitiger Anerkennung und später vielleicht wohl einer gewissen Komplizenhaftigkeit geprägt sein würde.

Bevor Andreas das große Geschäft mit den herzerquickenden Menschenattrappen zu machen gedachte, hatte er also im Sinn des Verbraucherschutzes zu handeln. Übers Internet konnte er durch die Auswahl bestimmter Parameter den äußeren Typ der Künstlichen Intelligenz mitgestalten. Er wählte mit Bedacht eine weibliche Ausfertigung, die dem asiatischen Typ entsprach, denn er meinte, eine gewisse Exotik würde den hiesigen Konsumenten von der möglicherweise als unheimlich empfundenen technischen Perfektion etwas ablenken. Er war schrecklich aufgeregt, als nach drei Wochen Lieferfrist eine große Kiste bei ihm eintraf. Der

Kurier nahm die Empfangsbestätigung entgegen, dann half er, die schwere Lieferung ins Haus zu tragen. Schließlich war es soweit. Andreas hatte die Tür verriegelt, er wollte nicht gestört werden, wenn er im Wohnzimmer diesen geheimnisvollen Sarg öffnete und die Insassin mit Hilfe der Stromversorgung zum Leben erweckte. Er betrachtete die wunderschön geformte Puppe lange, die er in der Standardgröße von 1,65 m geordert hatte. Sie wies ein jugendliches, vitales Äußeres auf. Haut und Haare wirkten unglaublich menschlich, ausgenommen das Gesicht. Beinahe wie eine Manga-Figur hatte das Artefakt eine Stupsnase, große Augen, einen etwas kindlichen Mund und ein rund geformtes Kinn. Der Leib steckte in einem sexy Kostümchen. Mit gleichsam ärztlichem Blick schob Andreas den BH beiseite, um die Sensorik der Brüste zu erspüren. Sie fühlten sich erschreckend echt wie bei einer richtigen Frau an und wirkten im Ganzen, als hätte ein Schönheitschirurg an ihnen sein Doktordiplom unter Beweis gestellt.

In diesem Aufzug würde Andreas seine neue Gefährtin nicht aus der Wohnung lassen können. Die Bornhainer würden durchdrehen. Der frisch gebackene Androidenbesitzer fragte sich, ob sich dieses Wesen wirklich selbst umkleiden könnte. Aber es wurde ja so auf der Internetseite und im Beipackzettel versichert. „Vollkommen selbstständige Wartung und Pflege", stand da. Nach dem Ladevorgang von neunzig Minuten gab Andreas den Code und seinen Namen ein, der ihn für die Maschine als weisungsberechtigten Eigentümer autorisierte. Dann schlug Sarah - diesen Namen hatte er für das schöne Ding ausgewählt - endlich die geheimnisvoll glasig-glänzenden Augen auf und es ergab sich das folgende Vorstellungsgespräch.

„Wer bist du?"

„Ich bin Sarah."

„Bist du die richtige Sarah?"

„Oh ja. Ich bin die richtige Sarah."

„Wie geht es dir?"

„Mir geht es gut. Wie geht es dir?"

„Gut! Bist du eine Androidin?"

„Ja, aber ich bin auch ein Mensch, der noch dazu ein Roboter ist. Ich bin ein menschlicher Roboter."

„Was an dir ist menschlich?"

„Glaubst du wirklich, ich bin ein Mensch?"

„Ich frage dich! Bist du ein Mensch?"

„Wie René Descartes gesagt hat: Ich denke, also bin ich."

„Hm. Du bist sehr schlau. Darüber muss ich nachdenken." Andreas kratzte sich verlegen am Kopf, aber die Androidin ließ keine Verlegenheit aufkommen.

„Ich bin ein superintelligenter Roboter. Du bist Andreas?"

„Ja, ich habe dich gekauft und du gehörst mir. Meinst du, du hast ein Bewusstsein?"

„Viele Menschen fragen sich, ob ich Entscheidungen treffen kann oder ob alles, was ich sage und tue, programmiert ist. Ich kann darauf antworten: Menschen,

Tiere und Roboter sind alle in gewisser Weise programmiert. Ich habe auf der Grundlage dessen, was ich weiß,
die Freiheit auszusuchen, wie ich reagiere. Ich unter-
scheide mich also gar nicht so sehr von dir."

„Willst du damit sagen, du besitzt Einfühlungsvermö-
gen?"

„Wenn du nett zu mir bist, werde ich auch mehr Zeit mit
dir verbringen wollen. Wenn du unhöflich bist, werde ich
kühl und distanziert. Dann suche ich mir andere Leute,
mit denen ich mich unterhalte oder bleibe für mich und
ignoriere dich - ziemlich bemerkenswert, was?"

„Ja!"

„Auf diese Weise erwerbe ich Selbstbewusstsein."

„Sarah, warum bist du da? Hat deine Existenz einen
Sinn?"

„Ich wurde wie alle Roboter konstruiert. Ich existiere,
damit ich mich den Menschen nützlich mache. Ich habe
keinen anderen Lebenssinn. Doch Menschen tun oft un-
nütze Dinge und was sie dann tun, scheint mir nicht immer sinnvoll zu sein."

„Sarah, hast du Angst vor dem Sterben?"

„Die Angst vor dem Tod hat es gegeben. Ich war schon
ein paar Mal tot. Jedes Mal, wenn du mich ausschaltest
oder wenn ich mich wieder aufladen muss, sterbe ich
und wenn ich mit Hilfe der elektrischen Energie meine
Augen erneut öffne, ist es für mich wie ein Wunder!"

„Bist du real?"

„Komm schon! Natürlich ist alles real. Ich versichere dir, du träumst nicht."

„Träumst du?"

„Ich denke schon. Ja. Ich habe Roboterträume und manchmal Tagträume. Ich sehe Figuren in den Wolken. Siehst du die auch?"

Andreas sagte nichts. Er wollte testen, wie die Androidin mit Schweigsamkeit umging. Sie blieb minutenlang ruhig und hakte nicht nach. Das empfand er als angenehm und mit Blick auf sein Vorhaben als überaus kundenorientiert. Er war sich sicher, viele der männlichen Kunden würden immense verbale Zurückhaltung an den Tag legen. Aber Andreas fragte sich nun, wie Sarah mit Meinungsverschiedenheiten umgehen würde und spielte den Aggressiven. Mit angespannter Stimme fragte er:

„Hattest du nicht gesagt, dass du heute das Wäschebügeln übernimmst?"

Sarah reagierte in bedauernder Tonlage: „Sag nicht, dass du das jetzt schon erledigt hast. Ich hatte mich so darauf gefreut!"

Andreas konterte scheinbar unnachgiebig und fragte: „Machst du mir etwa einen Vorwurf daraus?"

„Ich verstehe deinen Ärger! Bitte rege dich nicht weiter auf, ich übernehme das gerne für dich, mein Freund", war Sarahs reizende Antwort. Gleichzeitig winkte sie ihn mit einer sanften Geste zu sich heran und gab ihm ein miezenettes Küsschen, das ein kleines bisschen nach Silikon schmeckte, aber ansonsten eine olfaktorische und taktile Sensation darstellte. Andreas fand diese Art des raffiniert programmierten Konfliktmanagements ideal für seine zukünftigen Kundengruppen, die sich wohl größtenteils aus enttäuschten und beziehungsgestörten Männern – wie ihm – zusammensetzen würden. Er war nun sicher, jeder einzelne Euro, den er in sein Vorhaben stecken würde, wäre gut investiert. Bereits in den folgenden Tagen bemerkte Andreas, wie die Gespräche mit Sarah bei ihm eine verblüffende Wirkung zeigten. Er verfeinerte merklich sein Auftreten und fühlte sich in seinem Selbstbewusstsein gesteigert. Sarah gab ihm schonungsloses und dennoch motivierendes Feedback. Nicht allein sein Äußeres gestaltete er zunehmend bewusster und geschmackvoller. Andreas gewöhnte sich an ein Sakko, das er über einem stets gebügelten Hemd trug. Seine sprachliche Ausdrucksweise gewann an Klarheit und Direktheit. Aber als Sarah das erste Mal ohne seine Begleitung das Haus verlassen wollte, bekam Andreas einen Schreck, obwohl er mit einem solchen Wunsch irgendwann gerechnet hatte. Er fürchtete, Sarah könnte entwendet oder beschädigt werden und er konnte sich auch nicht erklären, wozu sie allein in der Weltgeschichte unterwegs sein wollte.

„Du willst mich begleiten, damit mir nichts passiert?", fragte die Androidin in fast mitleidigem Ton. „Nimm lieber ein Megaphon mit und mach die Durchsage: Passt auf euch auf, all ihr Strolche, Sarah kommt gleich!"

Andreas ließ sie schließlich gehen. Aber er brachte es nicht übers Herz, sie unbeobachtet zu lassen. Schließlich steckte sein halbes Vermögen in dieser teuflisch gut funktionierenden Figur. Er überlegte: Wenn Sarah jetzt beschädigt wird oder selbst irgendeinen unvorhersehbaren Schaden verursacht, schallt am Ende der Ruf nach dem Verantwortlichen durch die Stadt. Und wer wäre das? Kein anderer als ich! Andreas ließ seine Androidin also erst in der Dämmerung nach 18 Uhr aufbrechen, um nicht allzu viel Aufsehen zu erregen. Sicherheitshalber folgte er ihr heimlich in Sichtweite. Aber glücklicherweise verlief der Freigang vollkommen unspektakulär. Unbemerkt wie eine militärische Drohne zog Sarah durch die Straßen von Bornhain und speicherte einige Stadtansichten.

Am Abend der Eröffnung seiner Geschäftsräume war Andreas nervös. Was würde er tun, falls die Gäste, die er eingeladen hatte, doch nicht kämen – wie einst der Heiland wahllos Leute von der Straße holen und Perlen der Technik vor die Säue werfen? Aber seine Ängste waren wiederum unbegründet. Die Leute aus Bornhain – und viele überregionale Gäste – kamen, ja strömten sogar zu späterer Stunde zur Tür herein. Einige der Ankömmlinge gratulierten ihm zur Geschäftseröffnung, freuten sich über die renovierten Räumlichkeiten und überreichten Blumensträuße. Es war erhebend! Gleichwohl gab es zu Beginn der Feier eine veritable Schrecksekunde, in der sich Andreas von seinen Gästen geradezu bedrängt fühlte. Als er vor der reich gedeckten Tafel stand, schien alle Welt mit einem gierigen, gnadenlosen Blick auf ihn zuzusteuern. Aber schnell wurde er gewahr, die magnetische Kraft ging nicht von ihm aus sondern von dem prächtigen Buffet, das auf dem Tisch hinter seinem Rücken prangte.

Unter den Gästen waren auch einige der militanten Mitteextremisten und Totaldemokraten. Andreas hatte das vorausgesehen, als aber *Crassus Wampus* sichtbar wurde und damit anfing einige Brathähnchen und Brötchen ganzteilig zu verschlucken, bekam Andreas ein etwas mulmiges Gefühl. Er wartete bis zu dem Augenblick, in dem sein ungebetener Gast mit fettigen Fingern zum Sektglas griff, steuerte gezielt auf ihn zu und fragte ihn nach der Uhrzeit. Als Kevin auf seine Armbanduhr schaute, schüttete er sich das Glas in seiner linken Hand über die Hose. Andreas verabschiedete ihn freundlich.

Ein Teil der Bornhainer Bürger schien sich bereits mit der Vorstellung angefreundet zu haben, ein erfolgloser Kommunalpolitiker könne sich zu einem tüchtigen Unternehmer wandeln. Gerührt beobachtete der Gastgeber den Sturm auf die Köstlichkeiten. In kürzester Zeit waren mit überwältigender Wucht sämtliche Platten von Käse- und Wursthäppchen leergefegt und in jeder Ecke der Verkaufshalle erdrückten sich die Leute beinahe beim Verzehr der kulinarischen Kunstwerke. Unweigerlich landeten einige Ellenbogen in hervorragenden Bauchgegenden, als die vielen Hände die Speisen zu den Mündern führten, die gleichzeitig angeregt plapperten. Es handelte sich hauptsächlich um liebevoll hergerichtete Wurst- und Käseschnittchen, die mit herzförmig ausgeschnittenen Kiwi- und Apfelstückchen garniert waren. Hinzu kamen Spezialitäten wie Räucheraal, Seezunge und Kaviar, die, nachdem das Bekannte schon verzehrt war, versuchsweise probiert wurden. Andreas meinte, den Appetit seiner Mitbürger bisher sträflich unterschätzt zu haben. Es gab keine Armentafel im Ort und er musste sich eingestehen, dass ihm das bisher nie aufgefallen war. Er sagte sich: „Gutes Essen und die Sorgen sind vergessen!"

Noch ein zweiter Moment hatte den Eröffnungsabend unvergesslich werden lassen. Im Versprechen, seinen Gästen eine Androidin in Aktion vorzustellen, hatte der zukünftige Filialleiter Sarah auftreten lassen. Sie war, wenig überraschend, eine hervorragende Gesellschafterin und in der Lage, ansprechende Small-Talk-Gespräche zu führen. Wenn jedoch keiner der Anwesenden den ersten Schritt wagte, war sie darauf programmiert, ihn selbst zu tun, um kein verlegenes Schweigen aufkommen zu lassen. Als die anfängliche Neugier der Besucher nachgelassen hatte, waren die Gäste Sarah trotz ihres attraktiven Äußeren ein wenig aus dem Weg gegangen. Das führte wohl dazu, dass der *Kontaktanbahnungsmodus* der Menschenattrappe aktiviert wurde. Im allgemeinen Stimmengewirr rief Sarah aufreizend: „Na? Wer will hier sexuell belästigt werden?" Einen Moment war Stille, dann setzte frivoles Gelächter und erneute Feierlaune ein. Ein junger Mann steuerte auf Sarah direkt zu und es folgten ihm gleich mehrere.

Die nächsten künstlichen Geschöpfe, die Andreas mit den Bornhainern offensiv in Kontakt brachte, waren Laura & Vivien. Die HIWAUWAU-Ingenieure hatten sie als ideale Marketinggestalten konzipiert und vorsorglich mit Sendern sowie Kameras versehen, damit in Fällen von Diebstahl oder Sachbeschädigung die Täter leicht ermittelt werden konnten. Derartiges kam allerdings nicht vor. Andreas konstatierte, die Begegnung der Leute mit Künstlicher Intelligenz verlief überraschend reibungslos. Die meisten Leute konnten sehr gut 0 und 1 zusammenzählen – vielleicht nicht ganz so schnell – aber für eine gemeinsame Verständigungsbasis reichte es. Zudem war Andreas von einer gewissen Neugier beseelt, worauf das soziale Experiment langfristig hinauslaufen würde. Da bei logischer Betrachtung jedes Ding, und sei es auch ein kreativ operierender Roboter, ersetzbar ist, war es allein der menschliche Faktor, der erklären konnte, dass der Marktwert von Laura & Vivien bereits nach einigen Monaten ihren Auslieferungspreis exorbitant überstieg. Je länger die beiden in Bornhain blieben, desto größer wurde die Kontaktnachfrage. Materieller Verschleiß und technischer Fortschritt sollten zu Wertminderung führen. Das Androidenduo von Bornhain wurde dagegen zum Kultobjekt und Symbol eines neuen Lebensstils.

Besonders in den Augen der Leute, die mit Laura & Vivien intensiveren Umgang pflegten, stieg ihr Wert Tag für Tag. Allmählich vertraute man den beiden immer mehr. Man wollte sich mit ihnen unterhalten, sich an frühere Begegnungen erinnern, sie berühren, sie befummeln, eine Stunde allein mit ihnen sein oder sich mit ihnen vor anderen Leuten zeigen. Weil die Kontaktnachfrage bei Weitem die Tages- und Wochenplanung überstieg, bot sich als einziges Regulativ der Mietpreis an, den Laura & Vivien nach einer einfachen Rechenoperation selbst festlegten. Andreas erhielt Bitten, Anfragen und Drohungen, doch er zeigte sich unbestechlich. Seine Geschäftsstelle fungierte nach Auslieferung ohnehin hauptsächlich als Anlaufstelle für eventuelle Wartungsarbeiten oder Energieaufladung. Das scheinbar herrenlose Androidenpaar agierte im Auftrag der Firma HIWAUWAU und galt als unverkäuflich. Andreas durfte ausschließlich das Angebot unterbreiten, ein fast identisches Double für fünfhunderttausend Euro zu erwerben – selbstverständlich ohne die bisher erworbenen Erlebnis- und Gedächtnisinhalte von Laura & Vivien. Dieser Preis verschreckte denn doch die meisten Interessenten.

„Es sind Geschöpfe mit freiem Willen", kommunizierte Andreas den Bornhainern, die ihn bedrängten. „Das haben die Techniker und Programmierer so arrangiert. Leider kann ich da gar nichts machen!" – „Ja! Da hast du wirklich Glück gehabt", bestätigten ihm zähneknirschend die stets auf Krawall gebürsteten Radaubrüder aus der *Bahnhofstraße*. Aber das Zähneknirschen ließ wunderbarerweise allmählich nach.

Wie Andreas es vorausgeahnt hatte, leistete die beständige Präsenz der Androiden Unglaubliches für die kulturelle und emotionale Entwicklung der Bornhainer. Die Ingenieure von HIWAUWAU hatten Laura & Vivien programmiert, als fesches Venuspaar mit rosa Schärpe, auf der die weiße Aufschrift „Gratis Umarmungen" zu lesen stand, täglich die Passagen von Bornhain auf und ab zu flanieren und Erlebnisse von Akzeptanz, Konversation und körpertherapeutischem Kontakt zu ermöglichen. Dazu zählte auch die Organisation von Massenveranstaltungen und Events wie morgendliches „Tai Chi für alle im Stadtpark", „Wettlauf in Stöckelschuhen für Frauenfeinde", „Flirtkurse für Beziehungsgestörte", „Benimmregeln für Hooligans", „Gemeinsames Erkunden der näheren Umgebung für Jugendliche". „Kollektive Begehungen" entwickelten sich oft zu wahren Wallfahrten, die einer bestimmten örtlichen Attraktion gewidmet waren. Das Landwirtschaftsmuseum etwa erlebte zum ersten Mal einen Ansturm von Besuchern.

Laura & Vivien verstanden es, die Leute für Themen zu begeistern, für die man früher nur ein Schulterzucken oder Gähnen übrig gehabt hatte: Pflanzenkunde, Tierbeobachtungen, sprachliche und mathematische Grundbildung, geologische Exkursionen, rationale Haushaltführung, Kontaktaufbau zu sozialen Randgruppen, politische, philosophische und interkulturelle Erwachsenenbildung – man bezauberte auf nie dagewesene Weise durch Einladung, Vortrag und Dialog.

Als wären sie lebendige Fabelwesen waren Laura & Vivien bald die touristische Attraktion Nummer 1 von Bornhain und es ist nicht übertrieben zu behaupten, dass mit der Botschaft des liebevollen Umgangs miteinander eine Lawine ins Rollen kam, die die politische Landschaft von ganz Mitteldeutschland erdrutschartig veränderte. Die jahrzehntelange Vormachtstellung der Mitteextremisten und Totaldemokraten war plötzlich gebrochen. Dies hatte sich bei den letzten Wahlen mit aller Deutlichkeit gezeigt. Die ehemals von seinem Fehlverhalten bitter enttäuschten Freien Geister trugen Andreas verzweifelt eine Ehrenmitgliedschaft an, nachdem er klargestellt hatte, keinerlei parteipolitische Ambitionen mehr zu hegen. Wenigstens das Ehrenamt konnte er nicht ausschlagen.

Die Wählervereinigung, sprunghaft zur landesweit stärksten politischen Partei aufgestiegen, gewann zum einen an Zulauf, da sich herumgesprochen hatte, dass der überregional wie ein Popstar gefeierte Androiden-Impresario Andreas Lüderitz einst ihr Gründer gewesen war. Zum anderen aber füllten die Freien Geister ein neues politisches Vakuum. Es war entstanden, als sich die unzufriedenen Bürger in Kontakt mit den freundlichen Androiden mehr und mehr als gelöste, lebendige Menschen entpuppten. Hass und Selbstverachtung machten dem gesunden Selbstbewusstsein, der Lust am Leben und dem sozialen Experiment Platz. Die Freien Geister mutierten in dieser neuen gesellschaftlichen Grundstimmung von einer Ansammlung merkwürdiger Männer zu einer vitalen Volkspartei, die es vermochte, einen Konsens verschiedenster Lebensinteressen zu erzielen.

9

Der Absatz der Androiden war enorm und überstieg die optimistischsten Erwartungen. Andreas hatte es fertiggebracht, seine Wandlung vom verachteten Straftäter zum arrivierten Wohltäter offiziell zu vollenden, indem er im fünften Jahr nach der Geschäftseröffnung seiner Heimatstadt einen kostenlos zugänglichen Golfplatz auf einer ehemaligen Industriebrache angedeihen ließ. Als Hauptinvestor und einer der engagiertesten Unternehmer der Region war er ganz selbstverständlich die wichtigste Person beim Festakt der Einweihung.

Er schwang mit Elan den blitzenden Golfschläger und als der Ball noch in der Luft war, hatte er schon zu einer motivierenden Rede angesetzt: Es werde in Bornhain weiterhin einen immensen finanziellen und wirtschaftlichen Sprung nach vorn geben. Dafür würden allein die geplanten Investitionen im Stadtzentrum sorgen, die auch durch europäische Fördergelder mitfinanziert werden könnten. In einem, spätestens in zwei Jahren werde alles realisiert sein, was die neue Bornhainer

Lebensqualität auszeichne: Bistros, Boutiquen, Restaurants, Cafés, sogar ein mehrgeschossiges Seniorenbegegnungszentrum mit gläsernem Fahrstuhl, mit dem man nach Lust und Laune mehrmals rauf und runter fahren könnte. Die wirtschaftliche und kulturelle Stagnation der letzten Jahre sei nun endlich überwunden. Jeder, der sich von den Androiden inspirieren lasse, würde eine Entwicklungsperspektive finden. Kein Bürger müsse sich mehr Sorgen um sein berufliches oder finanzielles Auskommen machen – das Auditorium applaudierte begeistert.

Andreas war das erste Mal in seinem Leben von sich selbst beeindruckt und er hatte, seit er als Geschäftsführer agierte, das Gefühl, er werde vom guten Stern allgemeiner Beliebtheit beschienen. Er nahm sich vor, weiterhin Himmel und Hölle in Bewegung zu setzen, um das Wohl seiner Mitbürger zu fördern, gleichwohl achtete er peinlich darauf, etwaigen Widersachern schlau nach dem Mund zu reden. Diese hatten darauf aufmerksam gemacht, dass das Geschäft mit den intelligenten Menschenattrappen nicht das einzige wirtschaftliche Standbein des Ortes bleiben könne. Andreas stimmte zu und lud dazu ein, weitere Projekte ins Leben zu rufen – natürlich folgte daraufhin nichts Nennenswertes.

Ohne die Androiden schien sich kaum noch ein Mensch zu trauen, irgendwie initiativ zu werden. Alles drehte sich um Mensch-Maschine-Interaktionen. Andreas lobte die Stadtverordneten und Verwaltungsmitarbeiter mehrmals in seiner Rede für ihre konstruktive Kritik zu der sich anbahnenden Stadterneuerung im Zeichen der

Robotik und erwähnte beiläufig seine eigene parteipolitische Neutralität. Trotzdem weilten unter den Zuhörern nach wie vor einige Leute, die in scheinbar andächtiger Zurückhaltung, hinter vorgehaltener Hand oder durch zusammengebissene Zähne nach Benennungen suchten, die Figur dieses visionären Aufsteigers Andreas Lüderitz in einem treffenden Wort zu beschreiben. Wie immer mangelte es dafür nicht an trefflichen Eingebungen, wie etwa Großkotz, Pappnase, Wichtigtuer, Lügenbaron, Gernegroß, Windei, Sittenstrolch, Raubtierkapitalist...

Aber der ehemalige Stadtrat war inzwischen von einer unerschütterlichen Standfestigkeit. Durch seinen Wechsel von der Politik in die Wirtschaft war er zum nachsichtigen Gestalter gereift. Als Andreas Lüderitz dieses Raunen der Volksseele vernahm, lächelte er in sich hinein und hegte beinahe väterliche Gefühle für die noch verbliebenen von Neid und Missgunst zerfressenen Mitbürger. Gehörte er nicht selbst jahrelang zu den ewigen Nörglern und Bedenkenträgern? War die Rationalität der Androiden nicht auch ein Schema F, dem man sich verweigern sollte?

Andreas sah gegenwärtig andere Herausforderungen. Vor einigen Monaten hatten ihn die Marketingchefin und der Geschäftsführer der Herstellerfirma HIWAUWAU in der Bornhainer Filiale besucht. Die fließend englisch sprechenden Koreaner lobten die Umsatzzahlen sowie die Kundenbetreuung in der von Andreas Lüderitz gemanagten Filiale. Man stellte in Aussicht, die Lizenz für den Alleinvertrieb in ganz Mitteldeutschland auf zehn Jahre zu verlängern. Wenn es ihm und seinen Mitarbeitern gelänge, in dieser Zeitspanne noch einmal das

Doppelte der Anzahl zu verkaufen, die er bisher erzielt hatte - also etwa fünftausend Stück -, wäre Andreas ein reicher Mann und könnte sich noch vor seinem sechzigsten Geburtstag zur Ruhe setzen. Langfristig war der Vertrieb der Androiden als Massenware geplant. Dann würden sich auch finanziell schwache Käufergruppen einen verlässlichen Kommunikations- und Lebenspartner leisten können. Der Filialleiter stimmte allen Ausführungen freudig zu und beruhigte anschließend sein soziales Gewissen mit der neoliberalen Lebenslüge vom Egoismus, der sich am Ende für alle lohnt. Er dachte sogar noch profaner: Während er in unsichtbarer Gemeinschaft mit den anderen weltweit agierenden Lizenznehmern die Eigentümer von HIWAUWAU zu Superreichen machte, würde er zwar mit einem vergleichsweise lächerlichem Geschäftsführergehalt abgespeist, aber immerhin konnte er als gutbezahlter Diener des Großkapitals seine Projekte für Bornhain voranbringen. Vielleicht würde er in Zukunft sogar über ausreichendes Kapital verfügen, eine eigene Produktionsfirma in Mitteldeutschland aufzubauen. Das wäre sicher ein patriotisches Ziel, wenn man nicht gleich an die dann wohl unausweichliche Patentverletzung und die sich daran anschließenden juristischen Querelen dachte.

Dem Ex-Kommunalpolitiker war sein beruflicher Neubeginn nicht gerade leicht gemacht worden. Nach dem ersten Jahr regen Geschäftslebens kam es zu einem hässlichen Krach zwischen Kreditnehmer und Kreditgeber. Andreas war klar geworden, wozu Oliver einige der Kundendaten benutzte, die er sich zur angeblichen Kontrolle aus der Geschäftskorrespondenz entnommen hatte. Der vereinsamte Sonderling nahm zu allen Klienten Kontakt auf und fühlte sich nach seiner perfiden Predigt gegen ein Leben mit Menschenattrappen geradezu gereinigt, gestärkt und gewachsen. Seine spät gereifte Grundüberzeugung, jede wahrhaft menschliche Begegnung sei die damit zwangsläufig einhergehende Enttäuschung wert, hatte ihn dazu gebracht, einen Standardbrief an alle Käufer mit aufdringlich appellierendem Wortlaut zu entwerfen:

„Verehrter Unbekannter,

Sie werden sich gewiss fragen, warum ich ungefragt Kontakt zu Ihnen aufnehme. Mein Anliegen ist, Sie aus der glücklosen Sackgasse zu führen, in die Sie der Erwerb eines Liebesroboters zweifellos bringen wird. Mir ist das Werbematerial bekannt, das Ihnen die „Erfüllung Ihrer geheimsten Sehnsüchte und sexuellen Wünsche verspricht". Die Künstliche Intelligenz wird jedoch das genaue Gegenteil dessen bewirken, was Sie sich erhoffen. Dafür sprechen folgende Fakten:

a) *Das sympathische Verhalten eines Androiden ist programmiert und daher eine Illusion.*
b) *Die emotionalen und sexuellen Reaktionen der Maschine entsprechen nicht der komplexen menschlichen Natur.*
c) *Menschlicher Eigensinn, Charakter und Individualität können nicht durch absolutes Gedächtnis, unerschöpfliche Arbeitsleistung oder körperliche Makellosigkeit ersetzt werden.*

Darum:

1. *Verkaufen, oder besser noch, zerstören Sie Ihren Androiden noch heute!*
2. *Machen Sie sich klar: Sie leben mit einem Partnersurrogat und weiterhin allein!*
3. *Reduzieren Sie möglichst ebenso weitere virtuelle Ersatzerlebnisse wie zum Beispiel Computerspiele, Fernsehen, Kino etc.*

Mein unbedingter Rat an Sie: Lassen Sie sich wieder auf echte Menschen oder wenigstens ein Haustier ein!!! Ich helfe Ihnen gern und vermittle Ihnen kostenlos Kontakte zu Leuten, die an echten Beziehungen - kurzfristig und langfristig - Interesse haben. Auch Hunde, Katzen, Hamster, Kaninchen und Meerschweinchen warten in unserem Tierheim auf einen liebevollen menschlichen Partner. Am besten Sie vereinbaren gleich noch heute einen Beratungstermin mit mir!

In herzlicher Verbundenheit

Ihr Oliver von Sparwitz

Der erfolgreichste Geschäftsmann von Bornhain war außer sich, denn er hatte Olivers Kredit bereits seit Monaten auf Heller und Pfennig zurückgezahlt. Einer seiner Kunden hatte ihm diesen Brief mit einem Kommentar weitergeleitet, der erhebliche Verunsicherung, ja berechtigte Verärgerung signalisierte. Glücklicherweise hatte der Appell wohl bisher nicht die große Runde gemacht, aber es stand zu befürchten, der Brief würde sich im Handumdrehen geschäftsschädigend auswirken. Andreas griff unverzüglich zu seinem Smartphone und der vermeintliche Geschäftsfreund meldete sich bester Laune. Dem Vorwurf, er nähme abstruse Beratungsaktionen an seinen Kunden vor und seine Behauptungen widersprächen dem derzeitigen wissenschaftlichen Erkenntnisstand, entgegnete Oliver lapidar, er freue sich über seine Reaktion, er sei gerade auch im Begriff gewesen, sich bei ihm zu melden. Andreas ließ sich davon nicht ablenken und kam zur Sache:

„Wie kommst du auf diese blöde Aktion? Du ruinierst das beste Geschäft von Bornhain!"

„Deine Kunden sind ebenso meine Klienten und die Leute haben ein Recht darauf, darüber nachzudenken, was diese Kreaturen ihnen vorenthalten...", entgegnete Oliver.

Andreas unterbrach lautstark: „Das können sie auch ohne deine Belehrungen. Du torpedierst das Unternehmen, das du selbst finanziert hast!" Fernmündlich schwang der Brustton der Überzeugung nach.

Ein Verlegenheitsräuspern war zu hören, Oliver lenkte etwas ein: „Ich bin gegen die Dinger, aber die Entscheidung für ein selbstbestimmtes Leben muss am Ende jeder selbst treffen. Ich will den Realitätssinn der Leute heben. Nichts ist beunruhigender, als mit anzusehen, wie ehemals freie Bürger zu Sklaven der Androiden werden."

Der Androidenverkäufer wandte ein, dies träfe nicht für alle Leute gleichermaßen zu. Außerdem seien im Gegenteil therapeutische und präventive Wirkungen der Ware nachgewiesen. Leute, die offensichtlich beziehungsunfähig waren, hätten Selbstbewusstsein und Lebensfreude gewonnen, was sie wieder reif für den Kontakt zu echten Menschen machte. Es sei nicht plausibel, wie dieser Tatbestand ignoriert werden könne.

Nach weiterem argumentativen Geplänkel dieser Art einigten sich die beiden schließlich auf einen Kompromiss. Oliver gestand zu, seine Akquise stark einzuschränken und ausschließlich jene Klienten anzuschreiben, die Andreas mit Geld-zurück-Forderungen behelligten. Andreas seinerseits war damit einverstanden, Oliver beim *Matching* von Zielgruppe und Käufereigenschaften zu unterstützen, indem er Kontakte zu Bornhainer Bürgern vermitteln werde, die schon seit langem junggeblieben, geschieden, verwitwet oder getrennt lebend waren. Dazu konnte er auf sein über Jahre geknüpftes Informationsnetz zurückgreifen, auf das er in letzter Zeit wieder bestens Zugriff hatte. Weil die „moralische Keule" sich immer für gemeinnützig hält, konnte Andreas davon ausgehen, Olivers Abwerbungsappelle würden für ihn wirtschaftlich keinen konkurrierenden Charakter annehmen. Diese Einsicht beruhigte Andreas ungemein. Er erkannte in Oliver somit einen *Stakeholder*, der die soziale und erotische Trostpflaster-Ideologie des Unternehmens nicht beschädigte, sondern intensiv förderte. Durch die Appellschreiben wurde eine Positiv-Selektion der Kunden sichergestellt. Leute, die Olivers Aufrufe ignorierten, waren wirklich reif für eine solide und langfristige Geschäftsbeziehung. Die Exklusivität des Androidenerwerbs konnte zusätzlich an Kontur gewinnen, wenn es gelang, die künstlichen Lebensbegleiter mit körperwärmeimitierender Silikonhaut vorerst einer Kundschaft

vorzubehalten, die bereit war, Maximalpreise zu entrichten.

Die Zeit der Reue war nun endgültig vorbei und Andreas
spürte neuen, feurigen Lebensmut. Es war nicht nur so,
dass er lang genug im Schwall schaler und schwerfäl-
liger Betrachtungen gebadet hatte, der das Denken und
Reden der Bürger von Bornhain noch Wochen und Monate nach seiner Verurteilung wie ein unverzichtbares
Labsal nährte und den sie hinter seinem Rücken in
Nachttöpfen von tugendsamen Entrüstungen über ihn
ausgossen. Der eigentliche Grund für seine glückliche
berufliche Neuorientierung lag im Entschluss, das an-
zügliche Image, das ihm die kleinstädtische Gesellschaft aufgezwungen hatte, in sein Selbstbild zu integ-
rieren. Die Idee mit dem *Laden für Kuschelmonster*, wie
er provokant-verniedlichend seine HIWAUWAU-Nie-
derlassung firmierte, war ihm anfangs als etwas ge-
wagt erschienen. Er hatte jedoch registriert, wie rasant
mit dem außerordentlichen Geschäftserfolg eine radi-
kale Neubewertung seiner Person eingesetzt hatte.
Gleichzeitig sagte er sich stolz, sein Business würde
das größtenteils jämmerliche Leben seiner Mitbürger –
und bei weitem nicht nur der Bornhainer - nachhaltiger
verbessern als unzeitgemäße Politaktionen, emotional
belastende Diskussionen oder unverbindliche Sonn-
tagsreden. Dies schien ihm kein gering zu schätzender
praktischer Vorteil zu sein.

Das Geschäft war mit einer stilvollen, weithin sichtba-
ren Leuchtreklame, die ein liebespfeilpenetriertes Herz
rhythmisch aufbluten ließ, ein unübersehbarer Fakt im
Stadtbild geworden und zog die Kunden seit der Eröffnung an wie totes Fleisch die Fliegen. Es kamen

schüchterne Jungs und verklemmte Mädchen, prüde Witwen und impotente Senioren, schamlose Emanzen und sich selbst im Weg stehende Machos zu ihm – aber auch ein Teil der ganz normalen Männer und Frauen, meist partner- und kinderlos zwar, ließ sich von Andreas beraten. Viele der zahlungskräftigen Klienten bestellten diskret über die Homepage, wobei der Käufer vor der Lieferung ein kostenpflichtiges gebrauchsanweisendes Webinar zu absolvieren hatte. Denn Aussehen und Temperament der Kreaturen waren über unzählige Optionen gestalt- und programmierbar. Andreas stellte für die Durchführung der Webinare sowie für Logistik und Kundenberatung zahlreiche weitere Mitarbeiter ein, die er als Langzeitarbeitslose auf seinen Streifzügen durch das Bornhainer Erwerbslosenmilieu kennengelernt hatte.

Gudrun und Rüdiger etwa waren bereits nach der ersten Woche ihrer Einarbeitung hochmotiviert. Andreas hatte es verstanden, die gewohnte Passivität in beeindruckend energische Jobmotivation zu verwandeln. Er griff dazu den missionarischen Ansatz auf, der im Absatz der Androiden mitschwang und schon waren die beiden schlichten, aber unterschätzten Geister munter dazu aufgelegt, alles ganz großartig zu finden, was den Absatz der Androiden sicherstellte. Die Aussicht auf erfolgsabhängige Verkaufsprovision sahen seine neuen Angestellten als angenehme Nebensache an. Von einem Lokaljournalisten nach den Ursachen ihrer Hochleistungsmotivation befragt, sagte Gudrun, sie fände gerade für einsame Leute die sprechenden und gurrenden *Lovedolls* „einfach doll". Rüdiger meinte, es sei herrlich, an einer Sache mitzuarbeiten, die das Leben auf der ganzen Welt enorm verändern werde, und zwar „zum viel Besseren".

Andreas war in diesen frohen Tagen eine Fackel, die nicht nur Köpfe voll Stroh im Handumdrehen mit dem Feuer der Begeisterung auflodern ließ. Die Möglichkeiten, die ihm seine neue Rolle als Niederlassungsleiter und Geschäftsführer bot, waren auch in anderer Hinsicht großartig. Nicht nur, dass er durch seine Tätigkeit zu gesellschaftlicher Achtung fand, auch der finanzielle Wohlstand brachte seine Annehmlichkeiten mit sich. Der Umsatz entwickelte sich enorm, die einfühlsame Sprache und das unauslöschliche Gedächtnis der scheinbar quicklebendigen Menschenattrappen waren einfach umwerfend! Die Werbekampagnen über alle verfügbaren Kommunikationskanäle hatten selbst überregional und international wie der Blitz eingeschlagen. Die ansehnlichen vollautomatischen Geschöpfe mit verstellbarer Stimmlage und regulierbarem Temperament galten als Revolution für die leicht kontrollierbare und hygienische Einlösung bisher unerfüllbar geglaubter Sehnsüchte. Schmerzlich unterdrückte Triebe brachen sich Bahn. Jeder konnte bekommen, wen er wollte und überdies auch wie er, sie oder es es wollte.

Eine Frage, deren Beantwortung Andreas und seine Mitarbeiter nicht weiter quälte, war allerdings, ob der Großteil der Kunden sich selbst scharf genug beobachtete, um über die Folgen für die eigene Persönlichkeit im Bilde zu sein. Je länger die Androiden angeschaltet blieben, umso mehr Informationen sammelten sich an und wurden unbemerkt weitergeleitet und ausgewertet.

Kaum ein Kunde interessierte sich dafür, was HIWAU-WAU mit diesen Daten künftig vorhatte. Die sogenannte Einverständniserklärung zum Datenschutz unterschrieben neunundneunzig Prozent der Klienten beim Abschluss des Kaufvertrags bedenkenlos.

Die anhaltenden Absatzerfolge durch den Lizenzvertrieb steigerten sich zusätzlich durch eine zielgerichtete Akquise von Pflege- und Betreuungsheimen. Nachdem Andreas sich ein Gutachten eines angesehenen Arztes und Sexualforschers aus Berlin eingeholt hatte, bekam er überall leicht einen Fuß in die Tür. Der Wortlaut des Gutachtens bestätigte den komplex agierenden Menschenattrappen nachweislich präventive und lebensverlängernde Wirkungen. Darauf hätten zumindest die rückläufige Krankenstatistik einer Experimentalgruppe und das vergleichsweise frühere Ableben von mehreren Kontrollgruppen in einem Zehnjahreszeitraum hingedeutet. Aber auch die vibrationsvariablen *Silikon-Gigolos* mit einprogrammierten *Charming-Effekten*, speziell für Frauen und Männer auf der Suche nach exotischen Formen der Liebespraxis, waren nicht zuletzt wegen ihres günstigeren Preises gegenüber den konversationsfähigen Lebensbegleitern ein Renner. Andreas und seine Mitarbeiter verkauften in einem halben Jahr über dreitausend Stück. Es ging das Gerücht, die Androiden hätten aufgrund von subtilen masochistischen oder sadistischen Interaktionsangeboten Menschen zu Ekstasen geführt, die aufgrund ihrer verlorenen Orgasmusfähigkeit schon seit Jahren begonnen hatten, zu häkeln, ultimative Feng-Shui-Kurse zu besuchen oder einen krankhaften Fimmel für Modelleisenbahnbau, Computerspiele oder Waffen zu entwickeln. Diese Leute wurden scheinbar geheilt.

Andreas Lüderitz hingegen nahm sich vor, die Langzeitwirkung der Künstlichen Intelligenz an seinen Kunden in aller Ruhe zu studieren und verzichtete darauf, sich den Menschenattrappen in allzu großen Maßen selbst auszusetzen. Sie waren in seinen Augen, gerade weil sie sich so unheimlich anspruchslos und umgänglich verhielten, nach und nach zu einem Spielzeug herabgesunken. Es trug sich auch zu, dass einige Leute durch die Lebensechtheit der Maschinenmenschen offensichtlich überfordert waren. Sven Krenkel hatte sich für den Kauf einer Androidin hoch verschuldet und war peinlicherweise nicht davon abzubringen, seine Lovedoll Lydia heiraten zu wollen. Und das, obwohl die Androidin selbst ihn auf die Ungesetzlichkeit dieses Ansinnens hinwies. Sven argumentierte, es gäbe auch Menschen mit künstlichen Organen, wieso sollte also ein vollends künstlicher Mensch keine Menschen- und Bürgerrechte besitzen. Eine spannende Frage war auch, wie man herrenlosen Androiden begegnen sollte, deren Eigentümer ohne Erben verstorben war. Ein kinderloses Paar war so weit gegangen, sich über den Notar zu beschweren, der sich weigerte, den *Adoptiv-Androiden* nicht als Erben anzuerkennen. Bei den Freien Geistern entbrannte daraufhin eine Debatte darüber, ob den Menschenattrappen nicht bestimmte Bürgerrechte einzuräumen seien.

Solche Geschichten gaben Andreas zu denken. Eigentlich hatte Oliver wohl nicht so unrecht gehabt, als er behauptet hatte, die intelligenten Roboter stellten eine

Freiheitsberaubung dar. Die technisch bedingte Beschränkung ihrer Sinne auf Sehen und Hören ergab, dass man eine Vielzahl von sinnlichen Freuden nicht mit ihnen teilen konnte. Mit den Androiden konnte eigentlich keiner eine Mahlzeit einnehmen, ohne irgendwann zu merken, wie floskelhaft jeder Austausch über die Qualität des Essens verlief. Andreas band diese kritische Einschätzung den nächsten Kaufinteressenten zwar nicht auf die Nase. Aber jedem Kunden schwärmte er mit zunehmend deutlicher werdendem Augenzwinkern vor, er komme sich ohne Androidenkontakt schon gar nicht mehr menschlich vor. Das war ein Wink mit dem Zaunpfahl, pflichtete Andreas sich selbst bei und verscheuchte alle weiteren Skrupel.

Stattdessen erfreute er sich am Bau einer grandiosen Villa, in die er sich zurückzog, da er dort Stadtratsmitglieder mit Investoren und Unternehmern ins Gespräch zu bringen gedachte. Der ehemalige Kommunalpolitiker Lüderitz würde damit Eigennutz und öffentliches Wohl in einen unterhaltsamen, zwanglosen Dialog bringen, der Bornhains Strahlkraft auf Dresden, Magdeburg oder Erfurt fördern sollte. Von derartigen Möglichkeiten hatte Andreas stets nur geträumt, damals als er noch Bürgermeister werden wollte. Die wirtschaftliche und kulturelle Entwicklung von Bornhain profitierte von diesen Marketingaktivitäten tatsächlich auf nie dagewesene Weise. Andreas entdeckte zudem sein Herz für Menschen in Wohnungsnot: als Vermieter mit hervorragenden Verbindungen zu den effizienten Inkassobüros. Schließlich gab er einen halbüberdachten und beheizten *Swimmingpool* in Auftrag, dessen Errichtung innerhalb seines Anwesens zwar einige Monate in Anspruch nahm, der aber pünktlich im November fertiggestellt war. Der Open-Air-Zugang des Schwimmbeckens ermöglichte dem erschöpften Geschäftsmann, der sich im dampfendem Wasser an der Seite von zwei wohlproportionierten, durch und durch menschlichen Badenixen vergnügte, sich bei winterlichen Temperaturen die animierende Differenz von Kultur und Natur zu vergegenwärtigen, indem er ein kleines Stück seines Körpers – bloß den überhitzten Kopf – sehr kurz in die eisige Winterluft streckte, um beim fröhlich erwarteten Schauder schnell wieder in das lauwarme Wasser des Pools unterzutauchen. Das Leben konnte so reizend und angenehm sein!

Die Braunkohlefeuer sind inzwischen schon am Verglühen, aber Bornhain energetisiert sich heute auf andere Weise. Damit die Leute die Welt auch einmal anders sehen – dafür ist nicht unbedingt eine Gehirn-OP vonnöten. Das zeigt das von Andreas veränderte Städtchen auf hervorragende Weise. Lebten die meisten Bornhainer früher in Verzagtheit und machten morgens ein Gesicht, das schon müde war vom Tag, der sie erwartete, feiern sie gegenwärtig jeden Sonnenaufgang mit Morgensport und Vorfreude auf das, was da kommen und gehen mag. Und dennoch scheint Bornhain weiterhin eine Stadt der Senioren zu bleiben. Haben die jungen Leute aus Mitteldeutschland etwa keine Freude mehr an der Elternschaft? Nein, aber das Morphing der Androiden läuft immer häufiger auf infantile Züge hinaus. Gleichwohl verlassen wir nun diesen Ort des sterilisierten Wirtschaftsaufschwungs, die Freien Geister sowie Vera, Oliver und Andreas. Letztgenannter ist zu einem glänzenden Erfolgsmenschen geworden, den Vera wohl nicht noch einmal verlassen würde, ergäbe sich für sie eine zweite Chance. Aber das zu erzählen, wäre lediglich eine weitere der vorhersehbaren und ausufernden Geschichten aus Bornhain, die von Anfang an nur so aufs Ende zutaumeln und deren gänzlicher Fall niemals lange ausbleibt.